Deutsche Liebe

독일인의 사랑

F. 막스 뮐러 지음
추지영 옮김

惠園出版社

하지만 그녀에 대한 나의 사랑은 아직 그대로 남아 있다.
눈물 한 방울이 대양에 떨어져 합쳐지듯이 그녀에 대한 사랑은
이제 살아 있는 인류라는 대해에 떨어져 합류하며,
어린 시절부터 내가 사랑했던
수백만 '남'의 마음에 스며들어 그들을 에워쌌다.

누구나 사는 동안에 한 번쯤은 이런 경험을 하지 않을까?

지금은 고인이 되었지만, 불과 얼마 전까지만 해도 그가 사용했던 책상 앞에 앉게 되는 경우를. 또 무덤 속에서 영원한 휴식에 잠겨 있는 한 영혼이 한때 가슴 설레며 간직했던 소중한 보물들이 들어 있는 서랍을 열어 보게 되지 않을까?

그 서랍 안에는 고인이 생전에 사랑한 이로부터 받은 비밀스런 편지들이 있다. 또 사진과 선물을 묶었던 끈들, 그리고 페이지마다 손때가 묻고 밑줄이 그어진 수많은 책들…….

그것들을 꺼내어 과거의 시간 속으로 보낼 수 있는 사람이 있을까, 말라 바스러진 장미 꽃잎들을 누가 다시 생생하게 소생시킬 수 있을까?

그 옛날 희랍 인들의 시신을 화장하려고 에워쌌던 불길이, 그 사람에게는 더없이 소중했을 고인들의 소유물을 모조리 삼켜 버렸던 그 불길이 지금도 성스러운 유물들이 돌아갈 곳을 안내하고 있다.

살아남은 자들은 이제 고인 외에는 아무도 본 적이 없는 종이 쪽지들을 머뭇거리며 펼쳐 든다. 그리고 초점 없는 시선으로 읽는다.

그러나 그 종이 쪽지나 편지에서 중요한 정보를 얻을 수 없다고 생
각되면 망설임 없이 이글거리는 불꽃 위로 던져 버린다. 그것은 다
시 한 번 불길에 휩싸였다가 자취를 감추고 만다.
　다음의 기록은 그러한 불길 속에서 꺼낸 것들이다. 이 이야기는
처음엔 고인들 사이에서만 읽혔지만, 차츰 살아 있는 사람들 사이로
소문이 퍼져 나가게 되었다.
　그래서 어쩔 수 없이 이 이야기를 미지의 독자들에게로 보내려고
한다. 사실은 더 많은 이야기를 들려 주고 싶었다. 그러나 불길로 던
져진 종이 쪽지들이 너무 많이 훼손되어 다시 원래대로 정리하여 들
려 줄 수 없음이 안타까울 뿐이다.

F. 막스 뮐러

독일인의 사랑

차 례

첫번째 회상

그때 어머니가 빛나는 별들을 가리켰다.
나는 너무 신비스러워서 아마도 어머니가
저렇게 아름다운 별들을 만드신 것이라고 생각했었다.
그러자 다시금 따스함이 느껴졌고 아마 곧 잠이 들었던 것 같다.

첫번째 회상

누구에게나 어린 시절은 자기만의 비밀과 경이로움을 갖고 있다. 하지만 누가 그것을 적절히 표현할 수 있으며, 그 뜻을 해석할 수 있을까? 우리는 모두 이 은밀한 경이의 숲을 거쳐 왔다. 우리는 모두 한때 그 지극한 행복감에 젖어 눈을 떴으며, 삶의 아름다운 현실이 밀물처럼 밀려와 우리의 영혼 위로 넘쳐 흘렀다. 그때는 우리가 어디에 있었는지, 우리 자신이 과연 누구였는지를 몰랐다. 온 세계가 우리의 것이었으며, 우리 자신 또한 온 세계에 속해 있었다. 그것은 일종의 영원한 삶이었다. 시작도 끝도 없는, 정체도 고통도 없는. 우리의 마음 속은 가을 하늘처럼 투명하고 오랑캐꽃 향기처럼 신선했다. 또 주일날 아침처럼 고요하고 성스러웠다.

그런데 무엇이 이처럼 신성한 어린 시절의 평화를 깨뜨린 걸까, 어찌하여 이처럼 천진난만한 시절이 종말을 고할 수밖에 없는 걸까? 무엇이 우리를 오직 하나뿐인 완전한 행복감에서 몰아 내어, 우리로 하여금 갑작스럽게 어두운 삶 속에서 외롭고 쓸쓸하게 살도록 하는가?

심각한 표정으로 그렇게 만든 것은 죄악이라고 말하지 마라. 어떻게 어린이가 죄를 짓겠는가. 차라리 그것을 모른다고 솔직하게 말하고, 겸허하게 주어진 상황에 순종하는 편이 낫다.

꽃봉오리가 활짝 피고, 꽃이 열매를 맺으며, 열매가 한 줌 흙으로 돌아가는 것이 죄악일까?

애벌레가 번데기로 되고, 고치가 나방이 되며, 나방이 먼지로 돌아가는 것이 죄악일까?

그리고 어린아이가 어른이 되고, 어른이 노인이 되고, 노인은 한 줌 흙으로 돌아간다. 그렇다면 대체 흙이란 무엇일까?

차라리 우리는 그것을 모르며, 겸허히 자연의 섭리에 순종해야 한다고 말하는 편이 훨씬 낫다.

하지만 인생의 봄날을 돌이켜 생각하고, 마음 속을 들여다보는 것 —— 추억에 잠긴다는 것은 실로 아름다운 일이다. 그렇다. 인생을 살다 보면 무더운 여름날에도, 우울한 가을날에도, 또 추운 겨울날에도 때때로 봄날은 찾아오는 법이다. 그러면 가슴 깊은 곳에서 이렇게 속삭인다.

'오늘은 내 기분이 마치 봄날 같다'고.

오늘이 바로 그런 봄날이다. 그리하여 나는 싱그러운 숲 속, 푹신한 이끼 위에 누워 움츠렸던 팔다리를 쭉 펴고, 초록빛 나뭇잎 사이로 끝없이 펼쳐진 파아란 하늘을 올려다본다. 그리고 어린 시절에는 과연 어떠했던가 하는 생각에 잠긴다.

그러자 모든 것이 잊혀진 듯싶다. 기억의 처음 몇 페이지는 오래도록 전해 내려온 집안의 낡은 성경책과 다름없다. 처음 몇 장은 완전히 빛이 바랬거나 좀 찢겨져 나간 데도 있어 그다지 깨끗하지 않다. 그러나 좀더 여러 장을 넘겨 아담과 이브가 에덴 동산에서 추방되는 대목에 이르면 비로소 읽어 볼 수 있는 깨끗한 페이지가 시작

된다. 그 책의 발행 장소와 발행 연도가 적힌 속표지라도 붙어 있으면 좋으련만 그런 것은 전혀 눈에 띄지 않고 그 대신 깨끗한 사본 한 장을 발견할 뿐이다. 그것은 우리의 세례 증서이다. 여기에는 우리가 언제 태어났는지를 나타내는 날짜와 우리의 양친과 대부모가 누구인지를 알려 주는 이름 따위가 적혀 있다. 따라서 우리는 스스로를 '발행 장소와 연도를 알 수 없는' 책자는 아님을 알게 된다.

그렇지만 이런 식의 처음이라는 것 —— 애초에 처음이라는 것은 없는 편이 나았을 것을. 왜냐하면 그 처음이라는 것을 생각해 보려면 당장 온갖 생각이나 기억이 사라져 버리기 때문이다. 따라서 어린 시절로 돌아가 또 거기서 다시 끝없는 시작을 향해 되돌아가는 꿈을 꾸다 보면, 마치 그 심술궂은 처음이라는 것은 끊임없이 도망쳐 버린다. 그리하여 생각은 아무리 애를 써도 결코 그것을 따라잡을 수가 없다.

그것은 마치 어린아이가 푸른 하늘과 땅이 맞닿은 지평선을 향해 달리는 것과 비슷하다. 어린아이는 끊임없이 달려도, 하늘은 자꾸 어린아이를 앞장서 달아나 버린다. 그래서 여전히 땅 위에 머물러 있는 하늘을 앞에 두고 어린아이는 지쳐 끝내 지평선에는 이르지 못하는 것과 같다.

그렇지만 만약 언젠가 한 번쯤 그곳에 도달한다 하더라도 —— 애초에 그 일이 우리에게 어떻게 시작되었던가 하는 그 시발점에 이른다 해도 —— 대체 거기서 우리는 무엇을 기억해 낼 수 있을까? 우리의 기억이란 것은 마치 엄청난 파도에서 빠져 나와 아직도 그 눈에서 물이 뚝뚝 떨어지는 한 마리 강아지처럼 온몸을 떨고 있을 뿐이다.

그러나 나는 맨 처음 별들을 보았을 때의 일을 아직 기억하고 있다. 어쩌면 별들은 그 이전에도 여러 번 나를 내려다보았을 테지만 그날의 감동은 내게 특별했던 듯하다. 뺨이 너무나 차게 느껴지던 어느 날 밤이었다. 어머니의 품에 안겨 있었는데도 날씨가 서늘하게 느껴졌다. 오싹오싹 몸이 떨리고 추웠다. 아니면 두려웠던 것일까. 어쨌든 잠시 동안 내 조그마한 존재에 대해 보통 때와는 달리 나 자신에게 좀더 주의를 기울이도록 재촉하는 무엇인가가 내 마음 속에서 일어났다.

그때 어머니가 빛나는 별들을 가리켰다. 나는 너무 신비스러워서 아마도 어머니가 저렇게 아름다운 별들을 만드신 것이라고 생각했었다. 그러자 다시금 따스함이 느껴졌고 아마 곧 잠이 들었던 것 같다.

그리고 또 나는 언젠가 풀밭에 누워 있던 일을 기억하고 있다. 내 주변의 모든 것들이 흔들리고 윙윙대며 빙빙 돌고 있었다. 그때 발이 여럿 달리고 날개를 파닥이는 한 떼의 작은 벌레들이 날아와서 내 이마와 눈 위에 앉으며 인사를 했다. 하지만 나는 곧 눈이 몹시 아파와서 어머니를 소리쳐 불렀다.

"아이, 가엾어라. 몹쓸 놈의 모기 떼들한테 물렸구나!"

어머니가 말씀하셨다. 나는 눈을 뜰 수가 없어서 푸른 하늘을 볼 수도 없었다. 그런데 마침 어머니가 들고 계시던 신선한 오랑캐꽃 다발로부터, 그 자줏빛의 향긋한 내음이 내 몸 구석구석에 스며드는 느낌이 들었다. 그래서 지금까지도 봄의 시작과 함께 처음 피어나는 오랑캐꽃을 볼 때마다 나는 그때 일이 생각나서 눈을 꼭 감고 짙푸른 하늘을 다시금 내 마음 속에 되살려 보려고 회상에 잠기곤 한다.

그 다음으로 다시금 하나의 새로운 세계가 내게 펼쳐졌던 기억이 떠오른다. 그 세계는 별들의 세계나 오랑캐꽃 향기보다도 더 아름다운 세계였다. 그것은 어느 부활절 아침의 일이었다. 어머니는 아침 일찍 나를 깨우셨다. 창문 밖에는 오래 된 우리의 교회가 눈에 들어왔다.

그 교회는 아름답지는 않았지만 높은 지붕과 뾰족탑이 보였고, 그 탑 꼭대기에는 금빛 십자가가 있었다. 하지만 역시 교회는 다른 건물들에 비해 훨씬 낡고 우중충해 보였다.

언젠가 한 번 그 안에 어떤 사람이 사는지 궁금해서 쇠창살로 된 문틈으로 들여다본 적이 있었다. 안은 텅 비어 있고, 춥고 썰렁해 보였으며 아무런 그림자도 보이지 않았다. 그 뒤로 그 문을 지나칠 때마다 오싹 소름이 끼치곤 했다.

그 부활절에는 새벽녘에 비가 내리더니 아침이 되자 곧 개어 태양이 찬란하게 떠올랐다. 그러자 그 낡은 교회도, 잿빛 슬레이트 지붕도, 높은 창문들도, 금빛 십자가가 달린 탑도 온통 경이로운 햇빛 속에 눈부시게 반짝였다.

갑자기 높은 창문들로부터 햇빛이 물밀듯 쏟아져 들어와 출렁이며 생기를 띠기 시작했다. 그 빛은 눈을 똑바로 뜨고 쳐다볼 수 없을 정도로 너무 밝아서 나는 가만히 눈을 감았다. 그러자 햇빛은 곧장 내 영혼 깊숙한 곳까지 스며들어와, 내 내면의 모든 것이 빛을 발하고, 향기를 뿜고, 노래하고, 또 울려 퍼지는 것만 같았다. 그것은 마치 내 내면으로부터 한 새로운 생명이 생겨나는 듯한, 아니면 전혀 새로운 사람이 된 것처럼 느껴졌다. 나는 그것이 무엇이냐고 어머니에게 물었다. 어머니는 그것이 교회에서 부르는 부활절 노랫소리라고 말씀하셨다.

그때 내 영혼을 뒤흔들었던 그 맑고 성스러운 노래가 과연 어떤 노래였는지를 지금껏 나는 밝히지 못했다. 그건 아마도 루터의 경직

되고 굳어 버린 영혼에까지 스며들었던 저 옛날 오래 된 찬송가의 하나였을 것이다.

그 이후로 나는 그 노래를 다시는 듣지 못했다. 그러나 지금까지도 베토벤의 아다지오나 마르첼로[1]의 송가 또는 헨델의 합창곡을 들을 때나 심지어는 스코틀랜드의 고지나 티롤 지방의 그저 소박한 민요를 들을 때면 내게는 마치 그때 교회의 높은 창문이 또다시 반짝이고, 오르간 소리가 내 영혼 속까지 퍼지는 것 같은, 그래서 새로운 세계가 —— 별이 촉촉한 하늘이나 오랑캐꽃 향기보다 더 아름다운 세계가 —— 펼쳐지는 것처럼 생각된다.

이런 것들이 내가 어린 시절에 대해 맨 처음 떠올릴 수 있는 기억들이다. 그리고 중간중간에 사랑하는 어머니의 얼굴과 인자하면서도 엄격한 아버지의 눈길이 떠오른다. 그 외에 또 정원과 포도덩굴과 폭신한 연초록빛 잔디와 오래 되어 낡은 그림책들……. 대체로 이런 것들이 빛바랜 첫 페이지에서 아직도 그나마 읽어 낼 수 있는 것들이다.

그리고 그 다음 페이지부터는 갈수록 모든 것이 차츰 선명해지고 밝아진다. 온갖 이름들과 여러 사람들의 모습이 떠오른다. 어머니, 아버지와 형제 자매들, 친구들과 선생님 —— 게다가 수많은 '이웃 사람들'. 아, 그렇다. '낯선 이웃 사람들에 관하여' —— 수많은 일들이 이 회상의 책 속에 기록되어 있다.

---

1) 마르첼로(Marcello ; 1686~1739) — 이탈리아 베니스 출신으로 당대 최고의 교회 송가 작곡가.

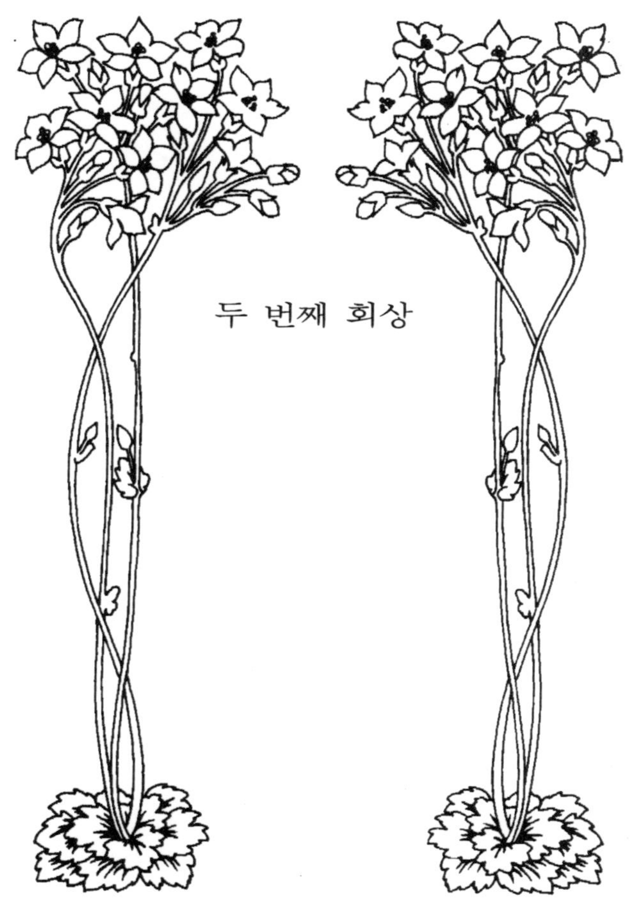
두 번째 회상

하지만 이 황홀한 사랑은 우리가 생의 여정을
절반도 채 살기 전에 남아 있는 부분을
이토록 초라한 모습으로 변하게 하는지!
'남'이라는 존재가 있음을 알게 되면서부터
어린이들은 이미 어린이의 세계와는 멀어지게 된다.

두 번째 회상

　우리 집 창문 가까이에 있는 그 금빛 십자가가 달린 오래 된 교회 맞은편에 커다란 건물이 한 채 서 있었다. 교회보다 더 크고, 수많은 탑들이 솟은 건물로, 이들 탑 역시 우중충한 잿빛의 오래 된 것이었다. 하지만 그 탑 꼭대기에는 금빛 십자가가 없었다. 그 대신 돌로 조각한 독수리가 앉아 있고, 바로 높다란 대문 위로 솟은 제일 높은 탑 위에는 희고 푸른 커다란 깃발이 하나 펄럭이고 있었다.

　대문은 계단을 통해 올라가도록 되어 있는데, 문 양 옆으로는 기마병 둘이 보초를 서고 있었다. 이 건물에는 많은 창문이 달려 있고, 창문을 통해 금빛 술이 달린 빨간 비단 커튼이 보였다. 앞뜰에는 늙은 보리수나무가 빙 둘러서 있어서 여름이면 그 푸른 잎이 회색의 성벽에 그늘을 드리우고, 잔디 위에 향기로운 하얀 꽃을 뿌렸다.

　나는 그 집 안을 자주 들여다보곤 했다. 보리수가 향기를 더하는 해질녘이 되면 창문마다 등불이 켜지고 수많은 사람들의 그림자가 어른거리는 모습이 보였다. 음악 소리가 위층에서 울려 나왔다. 쉴새 없이 마차들이 와서 멈춰 서더니 수많은 남녀들이 내려 층계를 서둘러 올라가곤 했다.

그들은 한결같이 우아하고 아름다워 보였다. 남자들은 가슴에 별 모양의 훈장을 달고 있었고, 여자들은 머리에 신선한 꽃장식을 하고 있었다. 그 모습들을 보며 나는 왜 거기 들어갈 수 없을까 하는 의문을 불러일으켰다.

어느 날, 아버지가 내 손을 꼭 붙잡고 말씀하셨다.
"우리, 저 성에 들어가게 되었단다. 하지만 후작 부인과 얘기할 때는 예의바르게 행동해야 한다. 또 그분의 손에 키스를 해 드리는 것도 잊지 마라."
나는 그때 여섯 살쯤 되었을 것이다. 나는 여섯 살짜리가 기뻐할 수 있는 만큼의 그 나이다운 기쁨에 어쩔 줄 몰라했다. 이미 나는 수없이 마음 속으로, 저녁이면 불 켜진 창문에 비친 사람들의 그림자에 대해 여러 가지 상상을 해 왔던 터였다. 또 후작과 그 부인의 훌륭한 인품에 대한 칭송을 듣고 있었다. 그들이 얼마나 자비심이 많은 분들이며, 가난하고 병든 사람들에게 도움과 위안을 주고, 또 그들은 착한 사람들을 지켜 주고 악한 사람들을 벌하기 위해 하나님이 손수 택하신 인물이라는 등의 이야기였다. 이미 오래 전부터 성 안에서 일어날 법한 모든 일들을 머릿속에 그려 왔으므로, 후작과 후작 부인은 내가 가진 호두까기 인형이나 납으로 만든 장난감 병정처럼 이미 내게는 너무나 친숙한 존재였다.
아버지와 함께 높은 계단을 올라갈 때 내 가슴은 마구 뛰었다. 아버지가 내게 후작 부인께는 '비전하(妃殿下)'라고 부르고, 후작께는 '전하'라고 불러야 한다고 설명하시는 동안, 어느 새 큰 문이 활짝 열리고 내 앞에는 빛나는 눈을 가진 한 늘씬한 여인의 자태가 나타났다.

그 부인은 마치 내게 다가와 손을 내밀려는 것 같았다. 그녀의 얼굴에는 —— 나를 오래 전부터 잘 알고 있었던 듯한 —— 친숙한 표정이 깃들어 있고, 신비스런 미소가 볼 위로 살짝 흘렀다.

나는 가슴이 벅차올라 가만히 손을 잡을 수가 없었다. 아버지는 문간에 서서 정중하게 고개를 숙이셨다. 하지만 나는 목구멍까지 차오른 간절한 마음에 숨이 막힐 것 같아 견딜 수가 없었다. 나는 나도 모르는 사이에 부인에게로 달려가 목에 매달려 어머니에게 하듯이 키스를 하고 말았다. 그 아름답고 키 큰 부인은 내 행동을 기꺼이 받아들여 내 머리를 쓰다듬으며 미소를 지었다.

그러나 아버지가 다가와 내 손목을 잡아끌며 그렇게 버릇없이 굴면 다시는 나를 이곳에 데려오지 않겠다고 나무라셨다. 나는 머릿속이 혼란해지며 부끄러움에 얼굴이 달아올랐다. 아무래도 아버지의 태도가 부당하다고 느껴졌다. 그래서 나는 후작 부인이 나를 다독거려 주리라는 기대감으로 그녀를 쳐다보았다. 하지만 그녀의 얼굴에는 부드럽지만 엄한 표정이 깃들어 있을 뿐이었다.

이어서 나는 그 방에 있던 다른 신사 숙녀들 쪽으로 고개를 돌렸다. 그들은 그래도 내 편이 되어 줄 거라고 믿었기 때문이었다. 그러나 그들 역시 웃음을 터뜨릴 뿐이었다. 나는 눈물이 쏟아져 곧장 그 자리를 도망쳐 문 밖으로 뛰쳐나왔다. 계단을 내려가 성 앞뜰에 서 있는 보리수나무를 지나 집으로 돌아왔다. 그리고 어머니 품에 안겨 훌쩍훌쩍 울기 시작했다.

"무슨 일이 있었니?"

어머니가 물었다.

"아, 엄마!"

하고 나는 외쳤다.

"비전하님을 만났는데, 아주 마음씨 좋고 아름다운 분이셨어요, 꼭 엄마처럼요. 그래서 엄마에게 하듯이 비전하님의 목에 매달려 키스를 하고 말았어요."

"아이구, 저런. 그래서는 안 되는 걸 그랬구나. 왜냐하면 그분들은 남인데다가 지체 높은 분들이 아니냐?"

"대체 남이라는 게 뭔데요? 그럼, 다정스런 눈길로 나를 바라보는 사람들을 좋아하지 말라는 건가요?"

"그렇지는 않단다. 하지만 그것을 겉으로 드러내서는 안 되는 거란다."

"그럼, 사람들을 좋아하는 것이 옳지 않은 일인가요? 어째서 내가 좋아하는 마음을 겉으로 드러내면 안 되는 거죠?"

"그래, 네 말이 옳기는 하다만, 아버지 말씀에 따라야 한단다. 너도 좀더 나이가 들면 알게 될 거다. 아름다운 부인이 다정한 눈길을 보낸다고 냉큼 매달려 키스하면 왜 안 되는지 말이다. 알겠니?"

그날은 하루 종일 우울했다. 아버지는 집에 돌아오셔서도 내가 버릇없이 굴었다고 호통을 치셨다. 밤이 되어 어머니는 나를 침대로 데려다 주셨고, 나는 기도를 올렸다. 하지만 좀처럼 잠이 오지 않았다. 그래서 내가 좋아해서는 안 된다는 그 남이라는 존재에 대해 곰곰이 생각해 보았다.

불쌍한 인간의 마음이여! 그렇게 봄이 채 다 가기도 전에 너의 꽃잎들은 너무도 빨리 떨어지고, 네 날개의 깃털마저 뽑혀 나가는구나!

인생의 새벽빛이 영혼 안에 감추어진 꽃받침을 열어 줄 때면 마음 깊숙한 곳으로부터 온통 사랑의 향기가 그윽하게 풍겨 나오게 마련이다. 우리는 서서 걷는 것, 말하고 읽는 법을 배운다. 하지만 그 누구도 사랑만은 가르쳐 주지 않는다. 사랑은 우리의 생명과 더불어 이미 우리에게 속해 있는 우리를 존재하게 하는 가장 심오한 근원이기 때문이다.

천체들이 서로 끌고 끌리면서 영원한 중력의 법칙에 의해 서로 결합하는 것과 같이 타고난 인간의 마음 역시 서로 끌어당기고 서로 끌려, 사랑이라는 영원한 법칙에 의해 맺어지는 것이다. 햇빛이 없으면 한 송이 꽃도 피지 못하며, 사랑 없이는 사람이 살아갈 수가 없다.

낯선 세계의 차가운 진눈깨비가 어린아이의 작은 가슴에 처음으로 불어닥칠 때, 만일 어머니와 아버지의 눈에서 내비치는 —— 마치 하나님의 빛이나 하나님의 사랑의 반영처럼 내비치는 —— 따뜻한 사랑의 햇살이 어린아이에게 비치지 않는다면, 어린아이의 가슴이 그 두려움을 어떻게 이겨 낼 수 있을까?

그러고 나서 어린아이의 마음 속에서 싹트는 동경이야말로 가장 순수하고 가장 뜻깊은 사랑이다. 그것은 전세계를 포용하는 사랑이다. 그 사랑은 인간의 해맑은 눈빛이 그를 향해 빛날 때 불타오르며, 서로의 목소리를 들을 때 환호한다. 그것은 태초부터 있어 온 도저히 가늠할 수 없는 사랑이며, 어떤 측량기를 사용해도 측정해 낼 수 없는 깊디깊은 샘물이며, 아무리 퍼내도 마르지 않고 솟아나는 샘물이다.

그러므로 사랑을 아는 사람이라면 사랑에는 척도가 없으며, 사랑은 많고 적음을 비교할 수 없고, 다만 사랑하는 사람은 온 마음과 온 영혼을 다 바치고 온 정열과 온 정성을 다 기울여야만 사랑할 수 있다는 사실을 깨닫는다.

하지만 이 황홀한 사랑은 우리가 생의 여정을 절반도 채 살기 전에 남아 있는 부분을 이토록 초라한 모습으로 변하게 하는지! '남'이라는 존재가 있음을 알게 되면서부터 어린이들은 이미 어린이의 세계와는 멀어지게 된다. 사랑의 샘물은 물줄기를 잃게 되고, 세월이 흐름에 따라 완전히 말라 버리고 만다. 우리들의 눈은 어느덧 총기를 잃어버리고, 우리들 자신은 어지러운 이 세상을 우울하고 피로한 얼굴로 시끌벅적한 거리들을 서로 스치며 지나쳐 버리고 만다. 우리는 거의 서로 인사를 나누지도 않는다. 왜냐하면 인사를 했다가 거절당하면 얼마나 큰 상처를 받는가를 잘 알고 있기 때문이다. 또한 우리가 인사를 나누고 악수를 했던 사람들과 헤어져 떠난다는 것이 얼마나 가슴 아픈 일인가를 우리는 잘 알고 있기 때문이다.

영혼의 날개는 그 깃털을 잃어버려 가고, 꽃잎들은 거의 찢겨 나가 시들어 버린다. 그리고 퍼내도 마르지 않던 사랑의 샘에는 겨우 몇 방울의 물밖에 남아 있지 않다. 우리는 이 단 몇 방울의 물에 매달려 입술을 축여 간신히 죽음을 면하고 있다. 우리는 그 몇 방울의 물을 사랑이라 부른다.

하지만 그것은 이미 순수하고 완전한, 기쁨에 넘친 어린아이의 사랑은 아니다. 그것은 불안과 괴로움이 뒤섞인 사랑이다. 용솟음치는 격정이요, 불타오르는 정열일 뿐이다. 그리고 작열하는 사막 위에 내리는 빗방울처럼 스스로를 소모하는 사랑, 요구하는 사랑이지 헌신하는 사랑이 아니다. 또한 그것은 내 것이 되어 달라고 요구하는 사랑이지 네 것이 되고 싶다는 사랑이 아니다.

바로 자기 본위의 맹목적인 사랑일 뿐이다. 시인들이 노래하고 젊은 남녀들이 기대하는 사랑이라는 것의 실체는 바로 이런 종류의 사랑이다. 그것은 활활 타오르다가 꺼지고 마는 한가닥 불꽃일 뿐이다.

사람을 따뜻하게 해 주지도 못한다. 다만 연기와 재만을 남길 뿐이다. 우리는 이렇게 모두 한때는 잠시 타오르다 마는 이 불꽃을 영원한 사랑의 태양이라고 믿었던 적이 있었다. 하지만 그 불꽃이 빛나면 빛날수록 뒤이어 오는 어둠의 농도는 더욱 짙은 법이다.

그리하여 주위에 어둠이 짙게 깔렸을 때, 우리가 진정으로 외로움을 느꼈을 때, 그리고 모르는 사람들이 우리를 알아보지 못하고 무심코 스쳐 지나갈 때, 그럴 때엔 가끔 잊고 있던 감정이 가슴 속에 문득 되살아나곤 한다. 우리는 그 감정이 무엇인지를 모른다. 그것은 사랑도 아니고 우정도 아니기 때문이다. '나를 모르시겠습니까?' —— 모르는 체하고 스쳐 지나가 버리는 모든 사람들을 향해 우리들은 말을 걸어 보고 싶어진다.

그러한 때 맺어진 인간과 인간과의 관계가 형제지간이나 부자지간, 또는 친구지간보다도 훨씬 가까워지는 걸 느낀다. 그렇게 되면 마치 성서의 오래 된 잠언 구절처럼 '남'이 가장 가까운 이웃이라는 말이 우리의 영혼 속에 울려 온다. 그렇다면 어째서 우리들은 말없이 잠자코 사람들의 곁을 스쳐 지나치는 것일까? —— 우리는 그것을 알지 못한다. 다만 겸허하게 섭리에 따를 수밖에 없다.

그러나 한 번쯤 시도해 보라. 두 대의 기차가 서로 엇갈리며 철로 위를 달리고 있다고 하자. 저쪽에서 아는 사람이 너를 향해 인사를 하려는 듯한 시선을 발견하거든, 이쪽에서 손을 내밀어 기차에 실려 너에게서 사라지는 친구의 손을 잡으려고 해 보라. 그렇게 하면 너는 아마도 이해하게 되리라. 왜 이 세상 사람들은 아무 말 없이 사람들의 곁을 스쳐 지나가는지를.

옛날 어느 현자가 이렇게 말했다.

"나는 난파당한 작은 배의 조각들이 바다 위를 떠다니는 것을 본

적이 있었다. 그 중 몇 개의 파편 조각은 서로 부딪쳐 잠시 한데 모
여 한참 동안 한 곳에 몰려 있었다. 그러나 잠시 후 곧 폭풍이 몰아
쳐 와서 그 조각들을 하나는 동쪽으로, 하나는 서쪽으로 흩어지게
했다. 흩어진 조각은 이제 이 세상에서 다시는 만날 수 없을 것이다.
인간의 운명 역시 이와 같은 것이다. 다만 그와 같은 엄청난 난파의
광경을 본 사람이 지금껏 아무도 없을 뿐이다."

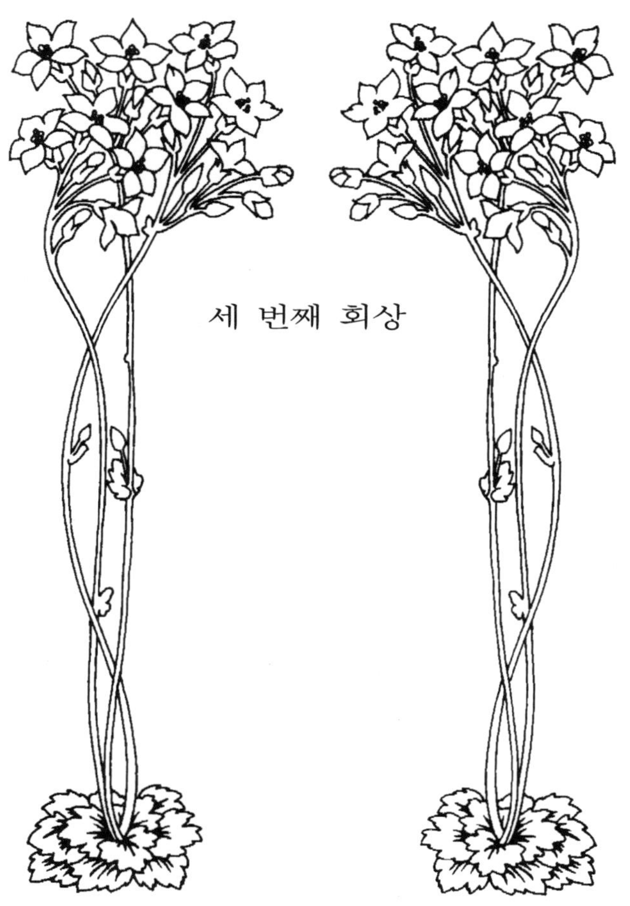

세 번째 회상

그럴 때면 나는 그녀와 괴로움을
같이 해야 할 것 같은 느낌에 사로잡혔다.
그녀가 겪고 있는 고통의 한 부분이라도
우리 모두가 나누어 가져야 할 것만 같았다.
그렇지만 나의 생각을 직접 그녀에게 고백할 수는 없었다.

세 번째 회상

어린 시절 흐려진 마음의 하늘은 오래 가지 않는다. 따뜻한 눈물 같은 비가 조금 내리고 나면 곧 개게 마련이다. 그렇듯 나는 얼마 안 가 다시 그 성을 드나들었다. 후작 부인은 내게 키스를 하도록 손을 내밀었다. 그러고 나서 후작 부인은 자신의 어린 공자와 공녀들을 불러 같이 놀도록 해 주었다. 나는 마치 그들과 오랫동안 사귄 친구처럼 즐겁게 어울려 놀았다.

수업을 마치고 돌아와 —— 그때 이미 나는 학교에 다니고 있었다 —— 그 성에 놀러 가는 것은 정말 행복한 시간들이었다. 성 안에는 마음 속으로 갖고 싶었던 것은 무엇이든지 다 있었다. 예를 들면 가게 진열장에 전시되어 있는 것을 내가 가리키면 어머니가 '저건 가난한 사람들이 일 주일 동안 먹고 살 수 있을 만큼 비싼 것이다'라며 내게 설명해 주셨던 진귀한 장난감들이 그 성에서는 얼마든지 쉽게 구할 수 있었다. 그리고 내가 후작 부인에게 간청을 하면 그 장난감들을 집으로 가지고 가서 어머니께 보일 수도 있었고, 며칠씩 집에서 갖고 놀 수도 있었다. 또 때로는 내가 가질 수도 있었다.

서점에서 아버지와 함께 겨우 구경이나 할 수 있었던 예쁜 그림

책들을 몇 시간이라도 뒤적일 수 있었다. 아버지는 그 책들은 아주 착한 아이가 아니면 가질 수 없다고 하셨다. 어린 공자들이 소유한 물건은 대부분 무엇이든 나도 가질 수 있었다. 적어도 나는 그렇게 믿었다. 왜냐하면 나는 내가 갖고 싶은 것들은 무엇이든 집으로 가져갈 수 있었을 뿐만 아니라, 때로는 그 장난감들을 갖고 와서 다른 친구들에게 선물로 줄 수도 있었기 때문이었다. 요컨대 나는 문자의 의미 그대로 한 어린 공산주의자였다.

언젠가 이런 일이 있었던 것이 기억난다. 팔에 휘감으면 마치 살아 있는 것처럼 보이는 번쩍거리는 금으로 만든 뱀 모양의 팔찌를 후작 부인이 우리들에게 가지고 놀라고 준 적이 있었다. 집에 돌아오면서 나는 팔찌를 팔에다 감았다. 어머니가 깜짝 놀라는 모습을 보고 싶었던 것이다. 그런데 도중에 길가에서 어떤 부인을 만났다. 그 부인은 내가 가진 금으로 만든 뱀팔찌를 보고는 좀 보여 달라고 애원했다. 그러면서 그녀는 그런 금팔찌만 있다면 자기 남편을 감옥에서 풀려나게 할 수도 있을 것이라고 말했다. 물론 나는 아무 생각 없이 그 금팔찌를 그 부인의 손에 던져 주고는 그냥 집으로 뛰어와 버렸다.

그 다음 날 한바탕 소동이 벌어졌다. 그 불쌍한 여자는 성으로 끌려와서 울고 있었고, 사람들은 모두들 그 여자가 내게서 그 팔찌를 훔쳤다고 떠들어 댔다. 그 말에 나는 너무도 화가 나서 열심히 설명했다. 그 여자가 그 팔찌를 훔친 게 아니라 내가 그 여자에게 선사한 것이며, 나는 그것을 이젠 결코 갖고 싶지 않다고 열변을 토했다. 그 일이 어떻게 결말 지어졌는지는 기억나지 않는다. 그렇지만 그 일이 있고 난 뒤로는 내가 집으로 가져가는 물건은 무엇이든지 일일이 먼저 후작 부인에게 보였던 것만은 기억이 난다.

그러나 그 후로도 내게 있어서 '내 것'과 '남의 것'을 구별하는 개념이 완전히 자리잡히기까지는 그러고도 꽤나 오랜 시일이 걸렸다. 내가 빨간색과 파란색을 구별하는 데 꽤 오랜 시간이 걸렸던 것과 마찬가지로 내 것과 남의 것에 대한 구별은 오래도록 서로 엇갈렸다. 그런 일로 내가 친구들에게 웃음거리가 되었던 마지막 사건이 지금도 기억난다.

언젠가 어머니가 내게 사과를 사 오라고 1그로셴짜리 은화를 주셨을 때의 일이었다. 그런데 사과 값은 겨우 5페니히밖에 하지 않았다. 내가 사과 장수에게 1그로셴짜리 은화를 주었을 때 그녀는 거스름돈이 한 푼도 없다고 말했다. 그리고 우울한 표정을 짓더니 오늘은 하루 종일 아무것도 팔지 못했기 때문에 거스름돈을 내줄 수 없으니 1그로셴어치 사과를 사 달라는 것이었다. 그때 내 주머니 속에 5페니히짜리 백동전이 있다는 생각이 갑자기 떠올랐다. 나는 그 어려운 문제가 풀린 것을 만족스럽게 여기며 백동전을 부인에게 꺼내 주며 말했었다.

"자, 이걸로 내게 5페니히 거스름돈을 거슬러 주면 되잖아요?"

하지만 그녀는 내 말뜻을 선뜻 알아차리지 못하고는 내게 1그로셴짜리 은화를 되돌려 주고는 5페니히짜리 백동전을 받아 넣었다.

거의 매일같이 성에 가서 어린 공자들과 함께 놀면서 같이 프랑스 어를 공부하던 그 시절, 또 하나의 모습이 떠오른다. 후작의 딸인 마리아라는 공녀였다. 그녀의 어머니는 그녀가 태어난 지 얼마 안 되어 세상을 떠나 후작은 재혼을 했었다.

내가 그녀를 처음 본 것이 언제였는지는 전혀 기억이 나지 않는다. 그녀는 숱한 기억의 어둠 속에서 아주 서서히 그 모습을 드러냈다. 처음에는 어스름한 그림자처럼 아련한 모습이던 것이 차차 그 인상이 분명해지고 점점 더 나를 향해 가까이 다가왔다. 그리하여 마침내는 폭풍우 치는 밤에 갑자기 검은 베일을 벗어 던지고 얼굴을 내미는 달님처럼 내 영혼 앞에 확연하게 나타났다.

그녀는 몸이 허약하고 언제나 말이 없었다. 내가 볼 때마다 그녀는 늘 침대에 누워 있었다. 그녀는 침대차에 누운 채 시중 두 사람에 의해 우리들이 노는 방으로 옮겨져 왔다. 그랬다가 그녀가 피곤해하면 다시 그녀의 방으로 운반되어 가곤 했다.

그녀는 주름이 잡힌 새하얀 옷을 입고 있었고, 대개는 두 손을 반듯하게 깍지 끼고 누워 있었다. 얼굴은 매우 창백했으나 참으로 온화하고 아름다웠으며, 눈은 그윽하고도 깊이를 알 수 없는 신비를 담고 있었다. 그래서 나는 종종 그녀 앞에 서기만 하면 저 여자도 역시 남에 속할까 하는 생각에 잠겨 스스로에게 물어 보곤 했다. 그럴 때면 그녀는 가끔 내 머리에 손을 얹고 살며시 어루만졌다. 그러면 내 온몸에 마치 무언가가 흐르는 것 같은 느낌에 휩싸였다. 나는 꼼짝도 못 하고 뭐라고 말할 수도 없었으며, 다만 그녀의 그윽하고 깊이를 헤아릴 수 없는 눈을 들여다보고 있을 수밖에 없었다.

그녀는 우리와 자주 얘기를 나누지는 않았지만 그 눈길은 줄곧 우리가 노는 모습을 뒤쫓고 있었다. 우리가 아무리 날뛰고 소란을 피우며 떠들어 대도 그녀는 한 마디 불평도 하지 않았다. 그럴 때면 그저 두 손을 그 새하얀 이마에 얹고 잠에 빠져드는 듯 눈을 감고 있을 뿐이었다. 가끔은 그녀도 몸이 한결 좋아졌다고 하면서 침대 위에 몸을 일으켜 앉아 있는 때도 있었다. 그럴 때면 그녀의 얼굴에는 마치 새벽놀 같은 발그레한 빛이 떠올랐다. 우리와 어울려 얘기도 하고, 재미있는 옛날 이야기들도 들려 주었다.

그 당시 그녀가 몇 살이었는지는 가늠할 수 없다. 그녀는 너무나 가냘프기만 해 마치 어린아이처럼 보이기도 했지만, 때로 위엄 있고 차분한 태도로 미루어 보아 그렇게 어린 나이는 아니었음이 분명하다. 사람들이 그녀에 대한 이야기를 할 때면 소리를 죽여 조심스럽게 이야기하곤 했다. 사람들은 모두들 그녀를 천사라고 불렀다. 나는 그녀에 관해서는 착하다거나 사랑스럽다는 말 이외에 다른 말을 들어 본 적이 없다.

가끔 나는 그녀가 그렇듯 연약하고 말없이 누워 있는 모습을 볼 때면, 그녀는 아마 평생 동안 걸어다닐 수 없는 게 아닌가 하는 생각이 들었다. 또 아무런 일도 할 수 없고 어떠한 기쁨도 맛보지 못한 채 언젠가 영원한 안식처로 갈 때까지 침대에 누운 채 사람들의 손을 빌어 이리저리 옮겨 다닐 수밖에 없는 게 아닌가 하고 생각했다. 그럴 때면 나는 스스로에게 묻곤 했다. 도대체 그녀는 왜 이 세상에 보내졌을까? 그렇지 않았더라면 그녀는 천사의 품에 포근히 안겨 편안하게 살 수 있었을 텐데……. 그러면 내가 수많은 성화들에서 보았던 것처럼 천사들은 그 부드러운 날개에 그녀를 태우고 하늘 높이 이리저리 날아다닐 수도 있었을 텐데.

그럴 때면 나는 그녀와 괴로움을 같이 해야 할 것 같은 느낌에 사로잡혔다. 그녀가 겪고 있는 고통의 한 부분이라도 우리 모두가 나누어 가져야 할 것만 같았다. 그렇지만 나의 생각을 직접 그녀에게 고백할 수는 없었다. 왜냐하면 나 자신도 사실 아직 그 모든 것을 분명히 알지 못했기 때문이다. 또 그것을 어떻게 말해야 할지 몰랐기 때문이다. 다만 나는 무엇인가를 느끼고 있었을 뿐이었다. 그렇다고 어린 시절처럼 그녀의 목에 매달려야겠다는 그런 기분은 아니었다. 그 누구도 그래서는 안 될 일이었다. 그것은 그녀에게 더 큰 고통만을 줄 것이기 때문이다. 그러나 그녀가 고통에서 벗어나도록 그녀를 위해 가슴 깊이 기도를 할 수는 있을 것 같았다.

어느 따뜻한 봄날이었다. 그날도 그녀는 놀이방으로 옮겨졌다. 얼굴이 몹시 창백해 보였지만 눈만은 어느 때보다도 더 깊고 맑게 빛났다.

그녀는 침대에 앉아 우리를 자기 곁으로 불렀다.

"오늘이 내 생일이야. 새벽에 견진 성사(堅振聖事)를 받았어. 이제는 언제라도 하나님 곁으로 갈 수 있게 되었어."

그녀는 아버지를 바라보며 미소지었다. 그리고 말을 계속했다.

"물론 나도 그럴 수만 있다면 언제까지라도 너희들 곁에 오래 머물고 싶어. 하지만 언젠가 내가 너희들과 헤어지게 되더라도 나를 완전히 잊어버리지는 말았으면 좋겠어. 그래서 난 너희들 한 사람 한 사람에게 줄 반지를 준비했어. 하나씩 나누어 줄 테니 지금 이 반지를 너희들 둘째손가락에 끼워 두렴. 그리고 이 다음에 너희들이 자라거든 그 반지를 점점 다음 손가락으로 옮겨 끼도록 해. 나중에는 새끼손가락에 꼭 맞게 될 거야. 그때까지, 아니 평생 동안 이 반지를 꼭 끼고 있어 줘, 응?"

그렇게 말하는 그녀의 모습은 깊은 수심에 잠겨 있으면서도 무척 다정스러워 보였다. 나는 울음이 나오는 것을 참으려고 두 눈을 깜빡거렸다. 그녀는 첫번째 반지를 제일 큰 남동생에게 주고는 입을 맞추었다. 그러고 나서 두 번째와 세 번째 반지를 두 공녀에게 주고, 또 네 번째 반지는 막내둥이 공자에게 주며, 반지를 줄 때마다 각각 키스를 했다.

나는 그녀의 새하얀 손을 지켜보며 그녀 곁에 꼼짝 않고 서 있었다. 아직 그녀의 손가락엔 마지막 반지가 하나 남아 있었다. 하지만 그녀는 이제 지친 듯 뒤로 등을 기대었다. 그때 내 눈과 그녀의 눈이 마주쳤다.

어린아이의 눈은 입보다 훨씬 정직하게 말하는 법이다. 그녀도 내 마음 속에 일어난 움직임을 분명히 느꼈던 모양이다. 마지막 반지라면 나는 차라리 받고 싶지 않다는 생각이 들었다. 다만 나는 한낱 남이라는 것, 그렇기 때문에 나는 그녀에게 속해 있지 않으며, 그녀는 나를 자기 동생들만큼은 사랑하지 않는다는 생각이 들었다. 그러자 왠지 모르게 가슴이 아팠다. 그것은 마치 한 줄기 혈관이 갑자기 터지는 듯한, 아니면 신경이 끊어진 듯한 고통이었다. 이 괴로움을 감추기 위해 시선을 어디에다 두어야 할지 몰라 당황했다. 그러자 그녀가 몸을 일으켜 세워 앉더니 내 이마에 손을 얹고 내 눈을 유심히 들여다보았다. 그때 그녀는 내 머릿속의 생각을 모조리 읽는 것 같은 기분이 들었다. 한참 후, 그녀는 천천히 손가락에서 마지막 반지를 빼서 내게 건네주며 말했다.

"이건 내가 너희들과 헤어질 때 내가 손에 끼고 가려 했던 거야. 하지만 이건 네가 끼고 있는 게 더 낫겠어. 그랬다가 내가 이 세상에서 사라지거든 나를 생각해 주는 편이. 그 반지에 씌어진 말을 읽어 보렴. '주님의 뜻대로'라고 씌어 있단다. 너는 거칠면서도 부드러운 마음을 갖고 있어. 살아가면서 그 마음을 부드럽게 다스리도록 하렴. 거칠게 만들지는 말았으면 좋겠구나."

그렇게 말하고 나서 그녀는 자기 남동생들에게 했던 것처럼 내게 키스를 하고 반지를 주었다.

그때 내 마음 속에서 어떤 감동이 일어났는지는 지금으로서는 실로 알 수가 없다. 그때 나는 소년이 다 되어 있었다. 따라서 괴로워하는 천사 같은 그녀의 부드러운 미소를 소년으로서 사랑할 수 있는 한 최대의 마음으로 그녀를 한껏 사랑하고 있었다. 소년들은 청년기나 장년기에는 이미 사라진 진실성과 순수함과 열정을 갖고 온 마음을 다해 사랑하는 법이다. 그러면서도 나는 그녀 또한 다른 사람들과 마찬가지로 남이어서 사랑한다는 말을 해서는 안 된다고 믿고 있었다. 다만 나는 그녀가 내게 했던 진지한 말들은 정확히 이해할 수는 없었지만 나는 그녀의 마음이 내 마음과, 즉 두 사람의 마음이 가까워질 수 있는 한 가장 가까이 접근했음을 느꼈다.

내 마음 속의 온갖 괴로움이 어느덧 씻은 듯이 사라졌다. 이미 나는 더 이상 혼자가 아니며, 내가 남도 아니었고 외롭지도 않다는 것을 느꼈다. 나는 항상 그녀 곁에 있고, 그녀와 함께 있으며, 그녀의 마음 속에 존재함을 느꼈다. 뒤이어 나는, 그녀가 내게 반지를 준 것은 그녀로서는 일종의 커다란 희생이라는 것, 그리고 그녀는 그것을 무덤에까지 끼고 가고 싶어했으리라는 생각이 들었다. 그러자 내 마음 속에는 어떤 감정이 일어나 그 감정이 다른 모든 감정을 압도하는 것을 느꼈다. 나는 조심스럽게 말했다.

"이 반지를 내게 주고 싶거든 그냥 네가 갖고 있어. 네 것은 곧 내 것이니까."

그녀는 한참 동안 어리둥절해 나를 유심히 바라보며 생각에 잠겼다. 이윽고 그녀는 그 반지를 도로 받아 자기의 손가락에 끼고는, 다시 한 번 내 이마에 입을 맞추며 속삭이듯 말했다.

"너는 내 말이 무엇을 의미하는지 정확히 파악하지 못했나 보구나. 앞으로 잘 알게 될 거야. 그럼 너는 행복해질 거야. 또 많은 다른 사람들을 행복하게 해 줄 수 있을 거야."

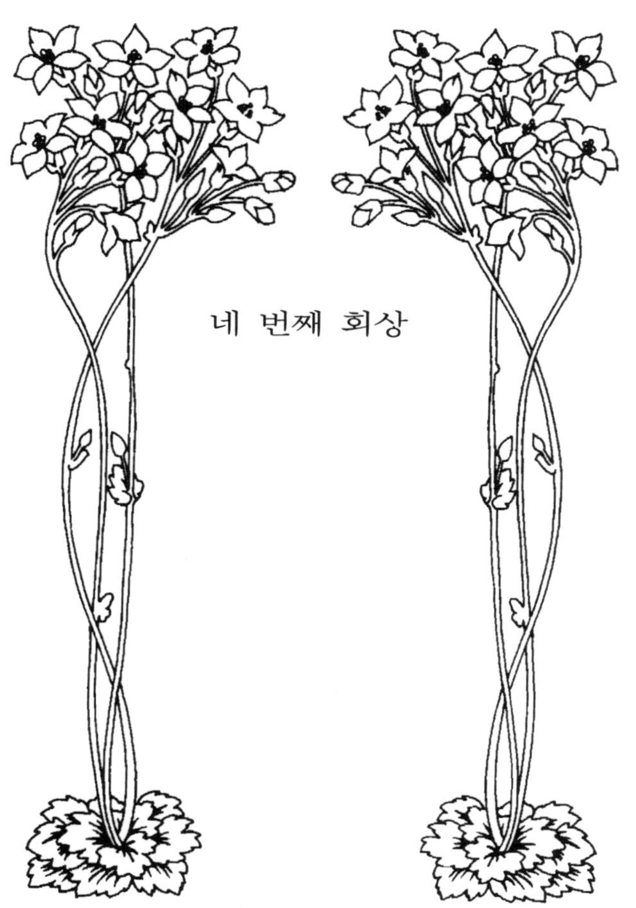

네 번째 회상

오랜 세월이 지난 후에 자신의 고향으로 돌아와 보라.
그때 우리의 영혼은 자기가 전혀 의식하지 못하는 사이에
숱한 추억이라는 바닷속을 헤엄쳐 나가기 시작한다.

네 번째 회상

어떤 사람이든 일생을 살다 보면 언젠가는 자기가 지금 어디를 향해 걷고 있는지 느끼지 못하는 때가 있다. 그러면서도 끝없이 이어져 있는 포플러 가로수길을 따라 단조롭고 무의미한 걸음을 걷고 있는 것 같은 그런 시기가 있게 마련이다. 따라서 그런 시기에 기억에 남아 있는 것이라고는, 자기가 한없이 먼 길을 걸어 왔으며, 늙어버렸다는 쓸쓸한 감정밖에는 아무런 추억도 남지 않게 마련이다. 그렇게 인생이라는 강물이 조용히 흐르고 있는 동안에는 그 강 자체는 항상 변함 없는 동일한 강이며, 다만 변하는 것은 양쪽 강가의 풍경뿐인 것처럼 보일 따름이다.

그러나 언젠가 생명의 강은 폭포에 이른다. 이 폭포들은 언제나 기억 속에 남아 있다. 그래서 우리가 이 폭포를 지나 끝없이 흐르다 멀리 영원이라는 고요한 바다에 점점 가까워지고 있을 때까지도 우리의 귀에는 여전히 먼 곳에서 그 폭포수가 쏟아지는 웅장한 소리가 귓가에 맴도는 것 같은 느낌이 든다. 뿐만 아니라 그 소리는 아직 우리에게 그나마 남아 있어 우리를 앞으로 이끌어 가는 인생의 추진력까지도 바로 그 폭포에 원천을 두고 있다고 느낀다.

　고교 시절은 어느덧 지나갔다. 대학 생활의 화려한 초창기도 지나가 버렸다. 그와 더불어 수많은 아름다운 인생의 꿈들 또한 거의 사라져 버렸다. 하지만 오직 한 가지 남아 있는 것이 있었다. 그것은 신에 대한 믿음과 인간에 대한 믿음이었다.

　인생이란 내 작은 머릿속에서 그려 보던 것과는 사뭇 달랐지만, 그 대신 모든 것이 한 단계 높아진 축복을 받고 있었다. 따라서 인생에 내재해 있는 불가사의한 요소들과 고통스러운 것들이 있다는 사실, 그것이 바로 내게는 이 세상에 신이 존재한다는 것을 증명해 주는 것으로 받아들여졌다.

　'신의 뜻이 아니면 아무리 하찮은 일이라도 네 안에서 일어나지 않느니라.'

　이것이 바로 내가 그때까지 겪은 삶 속에서 얻은 인생의 짤막한 지혜였다.

　여름 방학이 되어, 나는 다시 고향 마을로 되돌아왔다. 다시 만난다는 것은 얼마나 큰 즐거움인가! 지금껏 누구도 그것을 설명하려는 사람은 없었지만, 재회 · 재발견 · 회상…… 이런 단어들이야말로 거의 모든 기쁨과 거의 모든 즐거움을 함축하는 가장 비밀스러운 근원이다.

　난생 처음으로 보거나 듣거나 맛보는 것들은 아름답고 위대하며 유쾌한 일이다. 그러나 그런 일들은 우리에게 대체로 지나치게 생소할 뿐이어서 놀라움을 금치 못하게 한다. 그리하여 우리는 안정된 마음으로 그것을 즐길 여유가 없으며, 그런 것을 즐기고자 하는 노력이 흔히 즐거움 그 자체보다 크기 때문이다.

　하지만 여러 해가 지난 후 문득 지난날 즐겨 듣던 음악을 다시 한 번 듣게 되면, 멜로디를 까맣게 잊어버렸다고 생각했는데도 옛 친구를 다시 만난 것처럼 그 악보가 다시 떠오른다. 아니면 여러 해가 지난 후 드레스덴의 산 시스토 성모상 앞에 다시금 섰을 때, 지난날 성화 속 아기예수의 무한한 눈길이 우리 마음 속에 불러일으켜 주었던 그런 감흥들이 다시 살아나는 느낌이라든지, 아니면 학창 시절 이후로는 생각조차 해 보지 않은 꽃향기를 맡아 본다든지, 그 시절 음식을 다시 한 번 먹어 보는 것 —— 이런 경험들은 과연 우리들이 현재의 인생을 즐기는 것인지, 아니면 흘러간 추억을 즐기는지조차 분간할 수 없게 될 정도로 우리들의 마음 속에 벅찬 감동을 안겨 준다.

오랜 세월이 지난 후에 자신의 고향으로 돌아와 보라. 그때 우리의 영혼은 자기가 전혀 의식하지 못하는 사이에 숱한 추억이라는 바닷속을 헤엄쳐 나가기 시작한다. 춤추는 추억의 파도들이 우리의 영혼을 싣고 아득한 옛 바닷가를 따라 추억의 언덕으로 스쳐 흔들리며 지나갈 것이다.

종탑의 종이 울리면 우리는 학교에 지각할까 봐 마음을 조인다. 그러다가는 곧 소스라치게 놀라 정신을 차리면 그런 조바심은 과거일 뿐이라는 사실에 안도감에 빠져든다.

개 한 마리가 거리를 가로질러서 달려간다. 그 개는 어린 시절 우리가 무서워서 멀리 피해 도망다녔던 바로 그 개다.

그곳에는 옛날부터 물건을 팔던 노파가 그대로 쭈그리고 앉아 있다. 지난날 그 노파가 팔던 사과는 우리들의 마음을 끌곤 했다. 그래서인지 지금도 사과 위엔 먼지가 뽀얗게 앉았지만 그 사과들은 여전히 이 세상의 그 어떤 사과보다 맛이 좋을 것같이 느껴진다.

또한 저 건너편에는 낡은 집이 한 채 헐리고 새 집이 하나 들어섰다. 헐린 그 집은 우리의 늙은 음악 선생님이 살고 있던 집이다. 선생님은 이미 돌아가신 지 오래다. 그 옛날 여름날 저녁이면 수업을

마친 선생님이 이곳 창문 밑에 서서, 즐거움에 취해 연주하던 즉흥
곡에 몰래 귀기울이던 일은 얼마나 아름다웠던가. 아직도 귓가에 생
생한 그 연주는 마치 하루 종일 쌓이고 쌓였던 증기를 굉장한 기세
로 뿜어 내는 증기 기관차와도 같았다.

또 그곳 나지막한 숲에 둘러싸인 오솔길에서 —— 이 숲은 어렸을
때에는 훨씬 커 보였다 —— 어느 날 저녁 늦게 집으로 돌아가는 길
에 이웃집의 예쁜 소녀를 만난 적이 있었다. 그때 나는 그 소녀에게
눈길을 보내거나 말을 걸거나 하는 일 같은 건 감히 엄두도 못 냈다.
하지만 학교에 가면 우리 남학생들은 으레 그 소녀에 대해 이야기하
고, 그 소녀를 예쁜 소녀라고 불렀다. 또한 나는 길거리에서 그 소녀
가 먼 발치에서 걸어오는 모습을 보기만 해도 너무나 행복해 가까이
가려는 생각은 감히 엄두도 못 냈었다.

공동묘지로 이어지는 바로 이 작은 숲으로 둘러싸인 오솔길에서
어느 날 저녁때 나는 그 소녀를 만났다. 평소에 우리는 서로 한 번도
말을 나눈 적이 없는 사이인데도 그 소녀는 내 팔을 붙잡고 함께 집
으로 가자고 말했다. 나란히 걸어 집까지 오는 동안 나는 한 마디도
하지 않았던 것 같다. 아마 그 소녀도 그랬을 것이다. 그런데도 나는
그 일을 너무나 행복하게 생각했었다. 그래서 오랜 세월이 지난 오
늘날까지도 그때의 일이 떠오를 때면 다시 그 시절로 돌아가고 싶어
진다. 다시 한 번 그 '예쁜 소녀'와 손을 잡고 한 마디 말도 없이 두
근거리는 가슴을 안고 행복감에 취해 집으로 돌아가면 얼마나 좋을
까 하는 생각이 들 정도이다.

이렇듯 추억은 꼬리에 꼬리를 물고 솟구쳐 오른다. 그리하여 결국
그 추억의 파문이 우리의 머리를 짓누르고, 우리의 가슴 속에서는
긴 한숨이 흘러 나온다. 그런 뒤에야 겨우 지금껏 깊은 생각에 사로

잡혀 숨쉬는 것조차 잊고 있었다는 것을 비로소 깨닫게 된다. 그러고 나면 그 모든 꿈의 세계는 순식간에 사라지고 만다. 마치 밤새 나타났던 방황하던 유령들이 새벽 첫닭 우는 소리에 홀연히 사라지는 것처럼.

나는 그 오래 된 성 옆의 보리수 담길을 지나며 말을 탄 두 명의 보초와 높은 계단을 보게 되었다. 그때 내 마음 속에 어떤 추억들이 떠올랐을까? 이곳에서의 모든 것은 얼마나 변했을까!

벌써 여러 해 동안 나는 그 성에 가 보지 못했다. 후작 부인은 세상을 떠난 후였고, 후작은 통치를 그만두고 물러나 이탈리아에 머물고 있으며, 지금은 나와 함께 놀던 맏공자가 후작이 되어 있었다. 그 젊은 후작과 가까이 어울리는 사람들은 대개가 젊은 귀족과 장교들이었다. 따라서 그 옛날 어린 시절의 소꿉 친구들과는 얼마 안 가서 서먹서먹한 관계가 되어 버렸다.

거기에다 우리의 우정을 방해하는 다른 사정이 겹쳐 우정은 더욱 금이 가고 말았다. 독일 국민들의 궁핍함과 독일 통치자들의 결함을 맨 처음으로 알게 된 대개의 젊은이들이 흔히 그렇듯이, 나 역시도 자유 당원들의 몇 가지 구호를 배우게 되었던 것이다. 그런 말투는, 엄격한 목사 가정에서는 외설스러운 말을 한 것과 같아 궁정에서는 어울리지 않는 언동일 뿐더러 위험한 인상을 주었다. 요컨대 이런저런 사정으로 나는 여러 해 전부터 그 계단을 올라가 보지 못했다.

하지만 그 성 안에는 내가 거의 매일처럼 그 이름을 부르고, 그녀를 생각하는 것이 일상의 습관처럼 되어 버린 한 여인이 살고 있었다. 나는 이미 오래 전에 이 세상에서는 그녀를 두 번 다시 만날 수 없으리라는 생각을 하고 있었다. 뿐만 아니라 그녀는 내 마음 속에 지워지지 않는 어떤 형체로 부상되어 있었다. 현실 안에서는 존재하지도 않고, 또 존재할 수도 없는 나의 수호 천사 —— 나의 또 다른 자아로 화해 있었던 것이다. 나는 나 혼자 무엇을 생각하고 판별해 내는 대신 어떤 일이든 나와 함께 얘기를 나누는 또 다른 내가 되어 있었던 것이다. 어떻게 그녀가 내게 있어 그런 존재가 되기에 이르렀는지는 나 자신도 그 이유를 알 길이 없다. 왜냐하면 나는 그녀에 대해 거의 아무것도 알지 못했기 때문이다. 그것은 마치 사람들이 하늘에 떠 있는 구름을 여러 가지 형태의 모습으로 바라보듯이, 내 상상력이 어린 시절의 하늘에 마술처럼 불러 내 그린 환상이었다. 어렴풋한 암시적인 현실의 윤곽으로부터 그려 낸 하나의 상상의 완전한 모습이었다는 느낌이다. 아무튼 나의 모든 생각은 나도 모르는 사이에 그녀와의 대화의 형태를 띠게 되었다.

내 안에 있는 모든 선한 것, 내가 지향하는 모든 것, 내가 믿는 모든 것, 나의 보다 나은 자아는 모두가 그녀에게 속해 있었다. 그것은 모두 내가 그녀에게 준 것인 동시에 그것은 모두 나의 수호 천사인 그녀의 입을 통해 나온 것이다.

고향으로 돌아온 지 며칠 안 된 어느 날 아침, 나는 한 통의 편지를 받았다. 그것은 마리아로부터 온 영문 편지였다.

친애하는 친구여,

당신이 당분간 이곳에 머물게 되었다는 소식을 들었습니다. 우리는 여러 해 동안 만나지 못했군요. 괜찮으시다면 옛 친구를 만나러 와 주세요. 오늘 오후에 스위스 오두막에서 혼자 기다리겠습니다.

당신의 친구, 마리아

나는 즉시 오후에 찾아가겠다는 내용의 답장을 영문으로 써 보냈
다.

스위스 오두막은 그 성의 모퉁이에 있는 한 건물, 정원을 향해 길
게 뻗어 있었기 때문에 성의 앞뜰을 지나치지 않고서도 갈 수가 있
었다. 내가 정원을 지나 그곳에 도착했을 때는 다섯 시쯤이었다. 나
는 솟구치는 감정을 억제하고 지극히 예의바르게 그녀를 대하리라
단단히 마음먹었다. 그래서 우선 내 마음 속의 수호 천사를 어르고
달래서, 지금 만나러 가려는 사람은 그 수호 천사와는 아무 관계도
없는 사람이라는 것을 증명해 보이려고 안간힘을 썼다. 그러나 내
마음은 조금 들떴고, 내 마음 속의 수호 천사 또한 내게 조금도 용기
를 불어넣어 주려고 하지 않았다. 마침내 나는 마음을 진정시키고
인생이란 가면 무도회에 불과한 것이라고 혼잣말을 중얼거리고는
반쯤 열린 문을 두드렸다.

방 안에는 아무도 없었다. 그러나 곧 웬 낯선 부인이 들어오더니
공녀께서 곧 이리로 오실 것이라고 전해 주었다. 그리고 그녀는 곧
방을 나갔으므로 그제서야 나는 혼자 방 안을 둘러볼 여유가 생겼
다.

방 안의 벽은 떡갈나무 목재로 되어 있었다. 또 잘 짜여진 격자
창살이 벽을 빙 둘러서 처져 있었다. 그 창살에는 잎이 넓적한 담쟁
이덩굴이 그 무성한 잎새로 온 방 전체를 뒤덮고 있었다.

테이블과 의자들 역시 모두 떡갈나무 목재로 만든 것이었고, 바닥
에는 쪽마루가 깔려 있었다.

나는 그 방 안에서 여러 가지 눈에 익은 물건들을 대하게 되어 야
릇한 감흥에 잠겼다. 대부분의 물건들이 성의 놀이방에 있던 것이었
다. 그 밖에 새로운 초상화들이 장식되어 있었다. 예를 들면 대학 기

숙사 방에 걸어 놓은 것들과 똑같은 초상화들이었다. 이를테면 피아
노 위에 걸린 베토벤과 헨델, 멘델스존의 초상화……. 그것들은 바로
내가 골랐던 초상화와 같은 것이었다. 방 한쪽 구석에서 나는 미로
의 비너스 상을 보았다. 그것은 내가 감동받은 입상 가운데 가장 아
름다운 작품으로 생각하고 있는 것이었다. 또 테이블 위에는 단테와
셰익스피어의 모든 작품과 타울러의 설교집, 《독일 신학》,[1] 뤼케르
트[2]의 시집, 테니슨과 번즈의 시집과 칼라일의 《과거와 현재》[3] 등
모두 나의 서재에도 꼽혀 있는 책들로 바로 며칠 전까지만 해도 내
가 손에 들고 읽던 책들이었다.

　나는 너무나 낯익은 방 안 분위기에 젖어 있다가 곧 생각을 떨쳐
버렸다. 그리고는 돌아가신 후작 부인의 초상화 앞으로 다가섰다. 바
로 그때 문이 열리며 아주 어렸을 적부터 자주 보았던 두 시종이 침
대를 들고 방 안으로 들어왔다.

　아아, 저 모습! 그녀는 아무 말도 하지 않았다. 그녀의 얼굴은 호
수처럼 고요했다. 두 시종이 나가자, 이윽고 그녀는 내게 눈을 돌렸
다. 옛날과 다름없이 깊이를 알 수 없는 그윽한 그 눈, 그녀의 얼굴
은 차츰 생기를 띠기 시작하더니 마침내는 얼굴 가득히 미소를 함빡

---

1) 《독일 신학 *Theologia Teutsch*》 — 14세기 말에서 15세기에 씌어진 것으로 추정되는 작
　가 미상의 저서로 프랑크푸르트 인 목사에 의해 편찬되었다고 전해진다. 신비주의자 에
　크하르트의 영향을 받아 신과의 신비적 결합을 제시하는 내용이다.
2) 뤼케르트 (Friedrich Rückert ; 1788~1886) — 독일의 시인, 번역 문학가. 동방의 많은 고
　전을 번역하였고, p.116의 《동방의 장미꽃》은 페르시아 시인의 작품.
3) 《과거와 현재 *Past and Present*》 — 칼라일(Carlyle ; 1795~1881)의 저서. 노동자 계급의
　현상과 미래를 논한 내용으로 노동자의 생활 상태에 대해서는 동정하지만, 인간의 구제
　는 강하고도 올바른 영웅의 지배와 중세 때처럼 질서 있는 경제 생활로써만 가능하다고
　하였으며, 보통 선거에 바탕을 둔 민주주의와 자유방임제를 신랄히 비판하였다.

머금고 입을 열었다.

"우리는 오래 된 친구지요. 그 동안 우리는 둘 다 조금도 변한 게 없는 것 같군요. 나는 '지(sie : 당신의 존대말)' 라고는 어색해서 부르지 못하겠어요. 또 '두(du : 너)' 라고 반말로 부를 수도 없으니 영어로 이야기하는 수밖에 없겠어요. 이해해 주시겠지요?"

나는 그녀에게 이처럼 후한 대접을 받으리라고는 상상도 못 한 일이었다. 그러나 이건 가면 무도회가 아닌 것만은 분명했다. 거기에는 진정한 교류를 갈망하는 영혼만이 존재했다. 아무리 변장을 하고 검은 가면으로 얼굴을 가렸다 해도 두 눈빛만 서로 마주 보아도 알아보는 것 같은 그런 인사가 있었다. 나는 내게 내민 그녀의 손을 잡으며 말했다.

"천사한테 이야기할 때 '지' 라고 부를 수야 없지요?"

그런데도 불구하고 도덕의 힘과 사회의 관습은 이상할 정도로 강한 구속력을 지닌다. 친밀한 두 영혼이 자연스럽게 대화를 나누기가 그렇게 어려울 줄이야! 대화는 끊어지고, 우리 두 사람은 한순간 어색한 눈길을 느꼈다. 그때 나는 침묵을 깨뜨리고 머리에 생각이 떠오르는 대로 말했다.

"사람들은 어릴 적부터 새장 안에서 사는 데 길들여져 있지요. 그래서 자유로운 몸이 되어도 마음놓고 날개를 펼 엄두를 못 내죠. 혹시 날아오르다가 벽에 부딪칠까 봐 두려워서 겁을 내는 거겠죠."

그녀도 내 말에 자연스럽게 반응했다.

"네, 정말 그래요. 하지만 그것은 옳은 말이지만 다르게도 볼 수 있지요. 사람들은 때로는 숲 속을 날아다니는 새들 같은 삶을 누리기를 원하죠. 나뭇가지 위에서 만나 굳이 서로 소개받을 필요도 없이 함께 노래를 부르고 싶어하죠. 하지만 친구여, 같은 새들이라 할지라도 부엉이나 참새 같은 새들도 있는 법이에요. 그러니까 우리는 세상을 살아가면서 그런 사람을 만나면 모른 척하고 지나칠 수 있는 세상이 차라리 더 편할 때가 있지요. 그래요, 어쩌면 삶이란 때로는 시와 같은 것인지도 모르겠군요. 진정한 시인만이 가장 아름답고 진실된 것을 운율이라는 구속된 형식에 구애받지 않고 표현할 수 있는 거지요. 이와 마찬가지로 인간도 사회의 여러 가지 속박에도 불구하고 사상과 감정의 자유를 지킬 줄 알아야 한다고 생각해요."

나는 이때 플라텐[4]의 시구를 머리에 떠올리지 않을 수 없었다.

그 어느 곳에서나
영원히 가치 있는 것은
구속된 운문으로 표현된
구속할 수 없는 자유로운 정신뿐.

Denn was allen Orten
Als ewig sich erweist,
Das ist, in gebundenen Worten,
Eiu ungebundener Geist.

"정말이에요."
그녀는 다정하면서도 사뭇 장난기마저 어린 미소를 지으며 말했다.

---

4) 플라텐(August Graf von Platen ; 1796~1835) — 독일의 시인. 낭만주의를 기조로 하면서도 의식적으로 이에 저항하였다. 고결한 인격을 지녔음에도 불구하여 불안하고 염세적인 정신의 소유자였다. 시형(詩形)의 구사에 재능이 뛰어났으며, 《시집 가젤》, 《베네치아의 소네트》 등의 책이 있음.

"하지만 내게는 하나의 특권이 있답니다. 그것은 병과 외로움이지요. 나는 가끔 청춘 남녀들이 퍽 가엾게 생각될 때가 있어요. 그들은 스스로가, 또는 그들의 가까운 친구들이 그들을 향해서 사랑이니 우정이니 하는 것에서 벗어나지 않는 한, 진실된 친구로 사귀지 못하거든요. 그래서 그들은 오히려 많은 것을 잃고 있다고 생각해요.

아가씨들은 자신들의 영혼 안에 무엇이 잠자고 있는지를 모르며, 또한 훌륭한 남자 친구와의 진지한 대화에 의해 무엇을 깨닫게 되는지도 모르고 있지요. 그런가 하면 젊은 청년들 역시도, 만약 자기의 마음의 갈등을 멀리서 지켜 봐 주는 여자 친구를 가질 수 있다면, 아마 그 옛날 기사도적 덕성을 되찾을 수 있다는 것도 모르고 있구요. 그런데 그게 제대로 되지가 않는 것 같아요. 왜냐하면 언제나 사랑이니 연애니 하는 것이 늘 끼어들어 훼방을 놓으니까요. 가슴이 두근거린다든지, 거센 욕망이 파도처럼 밀려온다든지, 예쁜 얼굴을 마주했을 때 분수처럼 솟는 희열을 느낀다든지, 달콤한 감상에 젖는다든지, 때로는 약삭빠른 계산을 한다든지…… 한 마디로 순수한 애정의 참된 모습이라고 할 저 바다와 같은 고요함을 깨뜨리는 모든 것들이 끼어들어 순수한 영상이 깨지고 마는 거지요."

그녀는 갑자기 이야기를 중단했다. 그녀의 얼굴 위로 괴로움이 언뜻 스쳐 지나갔다.

"오늘은 그만해야겠군요. 의사 선생님이 너무 말을 많이 하지 마라고 하셨거든요. 멘델스존의 음악을 듣고 싶어요. 이중주, 당신은 어릴 때부터 그 곡을 아주 잘 연주했죠?"

나는 아무 말도 할 수가 없었다. 왜냐하면 그녀가 막 말을 멈추고 여느 때처럼 두 손을 깍지 낀 채 누워 있을 때 그 반지가 —— 지금은 새끼손가락에 끼고 있는 것을 보았기 때문이었다. 그 반지는 그녀가 내게 주었고, 내가 그녀에게 주었던 것이었다. 나는 너무 가슴이 벅차서 말을 할 수가 없었다. 그래서 묵묵히 피아노 앞에 앉아 그 곡을 연주하기 시작했다.

연주를 끝내고 나서 나는 그녀 쪽을 바라보며 말했다.

"이렇게 말없이 소리로만 얘기할 수 있다면 얼마나 좋을까요?"

"그럴 수 있고말고요. 나는 모든 것을 알아들었답니다. 하지만 오늘은 더 오래 견딜 수가 없어요. 하루하루 몰라 보게 쇠약해져 가고 있거든요. 자, 그럼 우리 좀더 친하게 지내도록 해요. 불쌍하고 가련한 병자가 좀 실례를 한다 해도 너그러이 봐 주시겠지요? 그럼 내일 저녁 이 시간에 만나기로 해요. 괜찮으시겠지요?"

나는 그녀의 손을 잡고 손등에 입을 맞추려고 했다. 하지만 그녀가 내 손을 잡은 채 꼭 쥐면서 말했다.

"이제 됐어요. 안녕!"

다섯 번째 회상

그날 밤, 나는 거센 바람 속에 서 있는 백양나무 꿈을 꾸었다.
꿈 속의 그 나무 주위에는
바람이 거세게 울부짖고 있었는데도
나뭇가지에 매달린 잎새는 하나도 흔들리지 않았다.

다섯 번째 회상

집으로 돌아오는 동안 내가 무슨 생각을 했고, 나의 감정 상태는 어떠했는지를 말하기란 어렵다. 인간의 마음을 완전히 말로 옮겨 놓을 수 없는 것 아닌가. 하긴 기쁨과 슬픔이 극에 달한 순간에는 누구나 홀로 연주하는 '말없는 생각'이라는 곡을 만난다.

그날 내 느낌은 슬픔도 기쁨도 아니었다. 그저 다만 말로 표현할 수 없는 놀라움을 느꼈을 뿐이다. 내 마음 속에서는 수많은 생각들이, 마치 하늘에서 땅으로 내려오려고 하다가 목적지에 이르기도 전에 모두 사라지고 마는 별똥별처럼 어지럽게 날고 있었다. 때로는 꿈을 꾸면서 꿈 속에서 '지금 너는 꿈을 꾸고 있는 거야' 하고 자기 자신에게 다짐하듯이, 나도 내 자신에게 이렇게 되풀이해서 말하고 있었다 —— 너는 살아 있다. 그건 그녀가 엄연히 존재한다는 사실이야. 그리고 분별과 냉정을 되찾고 마음을 진정시키려고 애를 쓰면서 그녀는 사랑스럽고, 보기 드물게 다정다감한 마음씨를 가진 사람이라고. 나는 또한 가엾은 그녀에게 무한한 연민의 감정을 느끼기 시작했다. 또 이번 방학 기간 동안 그녀와 함께 보내게 될 꿈 같은 저녁 시간을 마음 속에 그려 보았다.

아니, 그런 것은 아니었다. 내가 생각했던 것은 절대로 그런 것이 아니었다. 그녀야말로 내가 찾고 생각하고 바라고 또 믿었던 모든 것 그 자체가 아니었던가. 여기에 마침내 한 인간의 영혼이, 맑고 깨끗한 영혼이 실재하고 있었다. 나는 그녀를 처음 본 순간에 그녀의 전부를, 그녀의 내면에 무엇이 감춰져 있나를 알아차렸다. 우리는 인사를 하면서 동시에 서로를 맞아들였던 것이다. 그렇다면 내 마음 속의 수호 천사는? 그 천사는 이제 내게 아무런 대답이 없었다. 그녀는 멀리 떠나가 버렸다. 그리고 나는 그 수호 천사를 다시 발견할 수 있는 장소가 이 세상에 단 한 군데밖에 없다는 것을 깨달았다.

그때부터 즐거운 생활이 시작되었다. 매일 저녁 나는 그녀를 방문하였다. 우리는 곧 서로가 진정한 옛 친구 사이라는 것을 느꼈다. 그러나 서로 '두(du)'라는 호칭으로 부를 수밖에 없었다. 마치 우리 두 사람은 지금껏 한 번도 헤어진 적이 없이 늘 함께 생활해 온 것 같은 느낌이 들었다. 그녀를 감동시키는 어떤 감정도 내 마음 속에서 그대로 울려 퍼지지 않은 음이 없었다. 내가 말하는 생각치고 그녀가 응답해 오지 않은 생각도 없었다. 상냥하게 고개를 끄덕이며, 자기 자신도 그렇게 생각한다고.

나는 전에 우리 시대의 가장 위대한 음악의 거장[1]이 자기 누이와 함께 피아노 앞에 앉아 즉흥곡을 연주하는 것을 들은 적이 있었다. 그때 나는 그 두 사람이 어쩌면 저렇게 서로의 감정을 이해하고 공감할 수 있는지 경탄했었다. 그들은 서로의 악상을 자유롭게 표현하면서도 결코 한 음도 화음을 깨뜨리지 않고 연주할 수 있는지 의아

---

1) 거장 — 독일의 작곡가이며 피아니스트인 펠릭스 멘델스존(Felix Mendelssohn ; 1729~ 1786)을 가리킴.

했다. 그런데 이제야 나는 그것을 이해할 수 있게 되었다.

비로소 나는 내 자신이 늘 그렇게 생각해 왔던 것처럼, 나의 내면 세계가 빈약하고 공허한 것이 아님을 깨달았던 것이다. 다만 나의 내면 세계에 숨어 있는 그 모든 씨앗과 꽃봉오리를 피게 하기 위해서는 햇빛이 꼭 필요하다는 것이 다소 아쉬웠다. 사실 나와 그녀의 마음을 스치고 지나간 그 봄은 얼마나 슬픔에 가득 찬 계절이었던가! 5월의 장미가 그렇게 덧없이 빨리 시들어 버리리라고는 꿈에도 생각하지 않았다. 하지만 우리가 만나는 그 계절에는 매일 저녁마다 꽃잎이 하나둘씩 땅에 떨어지고 있어 머지않아 그런 날이 올 것이라는 경고의 소리가 들려 왔다. 나보다 그녀가 먼저 그 소리를 알아듣고 그 얘기를 했다. 그러나 그녀에게는 별로 고통스럽지 않은 것 같았다. 그렇게 우리들의 대화는 날이 갈수록 점점 진지하고 엄숙해져 갔다.

어느 날 저녁, 내가 작별 인사를 하고 집으로 돌아오려는데 그녀가 말했다.

"내가 이렇게 오래 살 수 있으리라고는 생각도 못 했어요. 견진 성사를 받고 이 반지를 당신에게 주었을 때, 나는 곧 세상을 떠나 여러 사람들과 이별하리라고 생각했지요. 그런데 이렇게 여러 해를 살아 오며 즐거운 나날을 보낼 수 있게 되다니……. 물론 여러 가지 괴로움도 많았지만요. 하지만 그런 것은 곧 잊어버리게 되니까요. 이제 진정으로 이별할 시간이 가까워져 왔다고 생각하니 한 시간 한 시간, 일 분 일 분이 더욱 소중하게 느껴지는군요. 안녕히 가세요. 내일 일찍 오도록 하세요."

어느 날, 내가 그녀의 방에 들어갔을 때, 한 이탈리아 화가가 그녀와 함께 앉아 있었다. 두 사람은 이탈리아 어로 애기를 나누고 있었다. 그는 예술가라기보다는 차라리 장인(匠人)에 더 가까웠다. 그런데도 불구하고 그녀는 그 화가에게 상냥하고 겸손한 태도로 경의마저 품고 대했다. 그런 그녀를 보고 있노라니 타고난 귀족으로서의 고결한 인품, 거룩한 마음씨가 엿보였다. 화가가 가고 나자 그녀는 내게 말했다.

"그림을 한 점 보여 드릴게요. 아마 당신도 좋아할 거예요. 원화는 파리 미술관에 있다고 해요. 나는 이 그림에 관해 쓴 글을 읽은 적이 있어요. 그래서 아까 그 이탈리아 화가한테 사본을 그려 달라고 부탁했던 거예요."

그녀는 그 그림을 내게 보여 주고는 내가 뭐라고 평을 할지를 기다렸다. 그것은 옛 독일 복장을 한 중년 남자의 초상화였다. 그림의 주인공 표정은 꿈꾸는 듯하면서도 경건한데다가 그 모습이 너무나 진실해 보여서, 실제로 생존했던 인물임을 의심할 여지가 없었다. 그림의 전체적인 색조는 대체로 어두운 갈색을 띠고 있었다. 그러나 배경은 지평선에 아침 햇빛이 막 퍼져 오르는 풍경이었다. 그 밖에 이렇다 하게 뚜렷한 감동을 느낄 수는 없었다. 하지만 어딘지 모르게 대체로 마음에 안정감을 주는 듯한 인상이어서 몇 시간이고 싫증 내지 않고 바라볼 수 있을 것처럼 생각되었다.

"실제 인물의 초상화도 이 작품을 능가할 수는 없을 거예요. 라파엘로라고 해도 이 정도의 초상화를 그려 내진 못했을 거예요."

이윽고 내가 말했다.

"그려 낼 수 없고말고요. 그럼 내가 왜 이 초상화를 갖고 싶어했는지, 그 이유를 말씀드릴게요. 한 번 들어 보세요. 이 그림을 그린 화가가 누구인지, 또 그가 누구의 초상화를 그리려고 했는지를 아는 사람은 아무도 없다는 얘기를 책에서 읽었어요. 그렇지만 모델은 아마도 중세의 한 철학자일 것이라는 추측이에요. 그런데 마침 이런 초상화가 내 화실에 필요했거든요. 당신도 아시다시피, 저《독일 신학》이란 책을 쓴 작가가 누구인지 아무도 모르잖아요? 또 그 사람의 초상화도 전해지지 않구요. 그래서 나는 그린 화가가 누구인지, 누구를 그리려고 했는지 알려지지 않은 이 초상화가 과연 《독일 신학》의 저자로서 적합한지 어떤지 한 번 시험해 보고 싶었던 거예요. 그래서 만일 당신이 반대하지 않는다면 이 그림을 여기 알비 파[2] 그림과 보름스 국회[3] 장면 사이에다 걸어 놓고 '독일 신학의 저자' 라는 제목을 붙이려고 하던 중이었어요."

"좋은 생각이십니다. 다만 이 사람은 프랑크푸르트 사람치고는 약간 억세고 너무 남성적으로 보이는군요."

"그럴는지도 몰라요. 그렇지만 어쨌든 고통받으며 죽어 가는 사람들은 이 책에서 많은 위안과 힘을 얻었어요. 나는 이 책의 저자에게 많은 신세를 졌어요. 내게 처음으로 기독교의 참된 교리를 가장 간명하게 가르쳐 주었거든요. 이 책의 저자가 어떤 사람이건간에 책의 내용을 믿고 안 믿고는 완전히 나의 자유로운 선택이었다고 생각해요. 그의 가르침은 내게 아무런 강요를 하지 않았으니까요. 그런데도

---

2) 알비 파 — 프랑스의 남부 도시 알비를 중심으로 일어나 유럽에서 위세를 떨쳤던 그리스도교 이단파. 카타리(Cathari) 파라고도 하며, 극단적인 금욕주의가 그 특징이다. 3차에 걸친 십자군 파견으로 토벌되고, 15세기에 완전히 소멸되었다.

3) 보름스 국회 — 1521년 4월 보름스에서 열린 독일제국의 국회. 루터의 신교를 반대하던 카알 5세가 루터를 국회로 소환하였으나 루터는 이 국회에서 유명한 연설을 하였고, 5월에 카알 5세는 '보름스 칙령'을 발표, 루터를 이단으로 몰고 그의 저서를 금서로 처리함.

불구하고 그 가르침은 엄청난 힘으로 나를 사로잡았어요. 비로소 나는 신의 계시라는 것이 무엇인지를 깨달은 것 같은 기분이었어요.

많은 사람들이 참된 기독교도로 서지 못하는 요인은 다름 아니라, 우리들의 마음에서 계시를 아직 깨닫기도 전에 기독교 교리를 먼저 계시로 여긴다는 데 그 원인이 있는 것 같아요. 그 때문에 나는 불안감을 느끼고 있었어요. 그렇다고 내가 우리 종교의 진실성과 신성함을 의심했다는 뜻은 아니에요. 다만 다른 사람들에게서 공짜로 얻은 믿음은 믿을 만한 것이 못 되는 것 같아요. 또 이해도 못 하면서 어릴 때부터 무조건 배워 받아들인 믿음은 진정으로 자기에게 속하는 믿음이 아니라고 생각했기 때문이지요. 누군가가 우리를 대신해서 살아 주거나 죽어 줄 수 없는 거잖아요. 그것과 마찬가지로 아무도 우리를 대신해서 믿어 줄 수는 없는 것 아니겠어요?"

"물론 그렇습니다. 그리스도의 가르침이 사도들이나 초기 기독교 교도들의 마음을 사로잡았던 것처럼 서서히 거역할 수 없는 힘으로 우리들의 마음을 사로잡아야 합니다. 그런데 오늘에 와서 그것은 어떤 강력한 교파의 침범할 수 없는 율법으로써 어린 시절부터 우리에게 다가왔지요. 이른바 신앙이라 불리는 절대적인 복종을 강요하면서 말이에요. 바로 이러한 일반적인 신앙 때문에 여러 가지 심한 갈등의 원인이 생기는 것입니다. 모름지기 사고력과 진리에 대한 경건한 마음을 가진 사람이라면 어김없이 마음에 의혹이 생기기 마련이지요. 따라서 우리가 신앙을 얻기 위해서는 올바른 길에 와 있는 동안에도 늘 우리들의 마음 속에는 의혹과 불신이라는 공포가 도사리고 있어 새로운 삶이 평탄하게 펼쳐지는 것을 가로막고 있는 것입니다."

내 말을 자르며 그녀가 끼여들었다.

"얼마 전에 나는 영문으로 된 책에서 이런 구절을 읽었어요. 진리가 계시로써 나타나는 것이지, 계시가 진리를 낳는 것은 아니라고 씌어 있었어요. 이 말은 내가 《독일 신학》을 읽었을 때 받았던 느낌을 고스란히 그대로 표현해 주고 있어요. 나는 그 신학책을 읽었을 때, 그 책이 말하는 진리의 힘 앞에 굴복당하는 것을 느꼈어요. 그리하여 그 교리에 귀의하지 않을 수 없었어요. 진리가 무엇인지를, 아니 나 자신이 무엇인지를 확실하게 깨닫게 되었던 것이지요. 또한 믿는다는 것이 무엇인가 하는 것을 비로소 처음으로 알게 되었구요.

오랫동안 나의 내면에서 잠들어 있던 진리가 마침내 내 것이 된 거예요. 그런데 그 누군지 알 수 없는 저자의 가르침이 한 줄기 빛살처럼 내 내면을 뚫고 들어와 내 마음의 눈을 뜨게 해 주었어요. 어렴풋이 예감하고 있던 것을 아주 명료하게 내 영혼 앞에 밝혀 주었던 것입니다. 인간의 영혼이 어떻게 믿음을 얻을 수 있게 되는가 하는 점을 처음으로 생각하게 되었지요. 그래서 복음서를 읽어 볼 결심을 했답니다. 복음서 역시 전혀 모르는 사람에 의해 쓰여진 책이라고 생각했던 것이지요. 복음서들은 성령에 의해 신비한 방식으로 사도들이 영감을 얻게 되면서 종교 회의에서 인정을 받았고, 교회에 의해서 카톨릭 신앙의 최고 권위로 인정받은 것이라는 따위의 선입견을 될 수 있는 대로 내 머리에서 없애 버리려고 노력했지요. 그러고 나서야 나는 기독교의 참된 신앙이 무엇이며, 기독교의 계시가 무엇인지를 비로소 이해할 수 있게 되었답니다."

"신학자들이 아직껏 우리에게서 종교라는 것을 모조리 빼앗아 가지 않은 것이 오히려 이상스러울 정도예요. 만약에 경건한 신자들이 그들에게 정색하고 다가서서 '이젠 그만해요. 더 이상은 안 돼요'라고 경계하지 않는다면, 신학자들은 아마 종교를 송두리째 없애는 불행한 결과를 가져왔을 것입니다. 어느 교회든 하나님을 섬기는 종이 있어야 하는 법이지요. 하지만 이 세상의 어떠한 종교를 막론하고 그들의 종이라 할 수 있는 목사나 바라문이나 샤먼이나 불교승이나 라마승, 바리새인이나 율법학자 같은 부류들에 의해 부패되고 파괴되지 않은 신도들은 아마 없을 것입니다. 또한 스스로 복음서에 의해 영감을 받아 그 영감으로 다른 사람들을 교화시키는 대신, 복음서들은 영감을 받은 사람들에 의해 기록된 것이니 그것은 모두 어디까지나 진리라는 증거만을 장황하게 내세워 수집하려고만 합니다. 그러나 그런 증거라는 것은 그들 자신의 부족한 신앙을 억지로 감추려는 행위에 불과하지요. 자기 스스로가 어떤 불가사의한 방법으로 영감을 받아 보지 못하고서야 어떻게 복음서 저자들이 불가사의한 방식으로 영감을 받았다고 주장하는 그 증거를 목사들이 알 수 있겠습니까? 그렇기 때문에 초기 교회 장로들에게도 그런 영감이라는 하늘의 은총을 얻을 능력이 있다고 인정하려고 합니다. 그렇게 되면 또 다른 문제가 생기지요. 즉, 50명의 주교 가운데 26명은 영감을 받았고 24명은 영감을 받지 않았다는 사실을 도대체 우리가 무엇을 증거로 알아 낼 수 있는가 하는 문제입니다. 이쯤되면 사람들은 결국 최후의 절망적인 처지에 이르러 이런 주장을 하게 됩니다. 교회의 고위 성직자들은 축복의 손이 머리 위에 놓여지게 되면 교회의 영감과 신성을 이어받게 되며 그 신성과 영감은 온갖 내면적인 확신이나 헌신, 경건한 신관 등 일체를 무용한 것으로 만드는 것이라고 말하지요.

　그러나 이 모든 지엽적인 문제에도 불구하고 결국 우리에게는 너무나 명백하게 최초의 의문이 여전히 다시 남게 됩니다 —— 즉, A라는 사람이 영감을 받았다는 사실을 어떻게 B라는 사람이 알 수 있겠느냐는 것입니다. B가 A와 같은 수준의 영감이나 혹은 그 이상의 영감을 받지 않고서 말이에요. 왜냐하면 B 자신이 영감을 받았음을 아는 것 이상으로 A가 영감을 받았는지 안 받았는지를 알기란 더더욱 큰 능력이 요구되기 때문입니다.”

“나 자신은 그렇게까지 분명하게 알고 있지는 못했어요. 그렇지만 사랑에 관한 한, 어떤 사람이 나를 사랑하고 있는지 어떤지를 알아내기는 참으로 어려운 일이라는 생각을 자주 한답니다. 왜냐하면 사랑에 있어서도 그것이 확실한 사랑의 표시가 없기 때문이지요. 그래서 나는 생각했어요 —— 즉, 자기 스스로 사랑하고 있다는 것을 알고 있는 사람만이 다른 사람으로부터 사랑받고 있다는 것을 알 수 있다는 것을. 또 그가 자기 자신의 사랑을 믿는 범위 내에서만 다른 사람의 사랑을 믿을 수 있을 것 같으니까요.

아마 영감의 은총도 사랑의 은총과 같을 것입니다. 영감의 은총을 받은 사람들은 하늘에서 폭풍이 몰아치는 것 같은 힘찬 소리를 듣게 되며 불꽃같은 혓바닥이 널름대며 사람들의 머리 위에 머무는 것을 느낍니다. 그렇지만 당사자가 아닌 다른 사람들은 깜짝 놀라 어리둥절하거나 ‘저 사람들은 달콤한 술에 취해 있어요’라고 비웃기 일쑤이지요.

어찌되었건 간에 이미 말했듯이 내가 돈독한 신앙을 갖게 된 것은 《독일 신학》의 덕택이었어요. 더구나 대부분의 사람들이 그 책의 결함이라고 지적한 바로 그 소박한 주장이 오히려 내게는 확신을 강하게 해 주었어요. 다시 말하면 그분은 자신의 교리를 결코 강력하게 논증하려고 애쓰지 않았거든요. 그분은 씨를 뿌리는 농부처럼, 자기가 뿌린 씨앗 가운데서 단 몇 알의 씨앗이라도 비옥한 땅에 떨어져서 수천 배의 결실을 맺어 주었으면 하는 희망을 품고 있었기 때문이에요. 그 신학의 스승은 그런 식으로 자기 교리를 굳이 논증해 보이려고 애쓴 적은 한 번도 없어요. 다만 그분은 자신의 교리를 뿌려 둔다는 식의 태도였지요. 그 이유는 그분이 지닌 믿음이 그만큼 확고했기 때문일 거예요. 논증이라는 형식을 무시할만큼.”

나는 그녀의 말을 가로막았다. 왜냐하면 그때 스피노자의 《윤리학》에 나타난 그 놀라운 논증의 연쇄를 생각하지 않을 수 없었기 때문이었다.

“그렇습니다. 스피노자의 경우에서 보이는 지나치게 소심하고 조심스러운 논증의 전개는 오히려 예리한 이 사상가가 자기 자신의 학설을 전적으로 믿을 수 없었던 게 아닌가, 그래서 자신이 주장한 학설을 그토록 단단히 매어 둘 필요성을 느꼈던 게 아닌가 하는 인상을 줍니다. 그렇기는 해도……:”

나는 말을 잠시 멈추었다가 다시 계속했다.

“솔직히 고백하자면, 나 자신은 《독일 신학》에서 별다른 감명을 받지는 못했습니다. 물론 나도 그 책에서 많은 자극을 받은 것을 부인하지는 않습니다. 하지만 내가 보기에는 그 책에는 인간적인 면과 시적인 정서가 결여되어 있는 것 같아요. 특히 현실에 대한 따뜻한 감정과 경외감이 말이에요.

14세기의 모든 신비주의는 하나의 준비 단계로서는 매우 유익했지만 루터의 경우에서 볼 수 있듯이, 진정한 해결점은 결국 신의 품 안에서 그 신에 의해 축복을 받으며 용기를 갖고 현실 생활로 되돌아갈 때 비로소 찾을 수 있는 것입니다.

인간은 한평생을 살아가는 동안 언젠가 한 번은 존재의 무가치함을 인식해야만 합니다. 자기 자신은 아무것도 아니라는 사실, 그리고 자신의 실체와 출생과 영원한 생명은 불가사의한 초자연적인 영역에 그 근원을 두고 있다는 사실을 깨닫게 됩니다. 이것이 바로 신에게 복귀하는 길입니다. 비록 이 길이 이 세상에서는 끝내 그 목표에 다다를 수 없다 하더라도 인간의 마음 속에는 결코 영원히 지워지지 않는 신에 대한 향수를 남기게 합니다.

그러나 신비주의자들이 주장하듯이 인간은 창조된 세계를 지향할 수도 창조할 수도 없습니다. 비록 인간 자신이 무에서 만들어졌지만, 다시 말해 신을 통해서 창조된 것이긴 하지만, 인간은 스스로 자기 힘으로 그 무로 되돌아갈 수는 없을 것입니다. 타울러가 말하는 자아 소멸이라는 것도, 불교에서 말하는 열반이나 영혼의 입적과 다르지 않습니다. 타울러는 이렇게 말했습니다. '지극히 높으신 존재에 대한 사랑과 경외감이 큰 나머지 무의 경지에 도달하고 싶어하는 사람은, 바로 지극히 높으신 자의 존엄 앞에서 기꺼이 가장 깊디깊은 나락으로 떨어지기를 원하는 것이다' 라고.

그러나 이 같은 피조물의 자기 소멸은 창조자의 뜻이 아닙니다. 왜냐하면 인간을 만든 것이 바로 창조주이기 때문입니다. '신이 인간으로 모습을 바꾸는 것이지, 인간이 신으로 모습을 바꾸는 것이 아니다' 라고 아우구스티누스도 말한 바 있지요. 따라서 신비주의가 인간의 영혼을 단련시키는 일종의 불이 될 수 있을지언정, 인간의 영혼을 가마솥 안의 끓는 물처럼 수증기로 변하게 하는 불이 될 수는 없습니다. 스스로의 허무를 깨닫는 자는 오히려 그 자아가 참된 신성의 반영이라는 것도 인정해야 합니다. 《독일 신학》 가운데에는 다음과 같은 구절이 있지요.

흘러 나온 것은 참된 존재가 아니다. 그것은 한낱 우연이며 빛이며 반사된 영상일 따름이다. 완전한 자 외에는 존재가 없다. 따라서 우연, 빛, 반사된 영상처럼 흘러 나온 것은 진정한 존재도 아니며 존재를 지니고 있지도 아니하다. 존재란 빛을 내는 불꽃이나 태양, 빛 안에만 있음이라.

그러나 신성으로부터 흘러 나온 것은, 그것이 비록 불꽃에서 흘러 나오는 빛에 불과할지라도, 어쨌든 자신 안에 신적인 존재를 포함하고 있습니다. 즉, 빛을 발하지 않는 불꽃이나 빛이 없는 태양이나 또는 피조물이 없는 창조주가 대체 무슨 의미가 있겠습니까? 이런 문제들을 적절하게 표현해 주는 구절이 있습니다.

어떤 인간, 어떤 피조물을 막론하고 신의 뜻과 깊고 오묘한 충고를 알아 내려고 애쓰는 것은, 바로 아담이나 악마가 시키는 대로 행동하기를 바라는 것과 다를 바가 없다.

따라서 우리들이 스스로를 신성의 반영으로 느끼고, 또 그렇게 보이도록 하는 것으로 만족해야 할 것입니다. 실제로 신이 될 때까지는 우리를 두루 비춰 주는 신의 불빛을 그 누구의 발 아래 놓거나[4] 꺼지게 해서는 안 되고, 오히려 그 빛이 주위에 있는 모든 것을 두루 비추어 주고 따뜻하게 해 주도록 충분히 불타오르게 해야 한다는 것입니다. 그러고 나면 우리들은 혈관 속에 살아 흐르는 불꽃을 느끼게 되며, 또 인생의 투쟁을 위해 한 단계 더 높은 영감을 느끼게 될 것입니다. 그리하여 아무리 하찮은 의무라고 하더라도 우리에게 신이 내리신 것이라 여기며, 세속적인 것은 신성한 것으로, 찰나적인

---

4) 발 아래 놓거나 ~ — 자기가 하는 일을 숨기는 것을 비유함. 〈마태복음〉 제5장 15절 참조.

것은 영원한 것으로, 우리들의 온 생명이 신과 함께 사는 생명이 됩니다. 신은 영원한 휴식이 아니라 영원한 생명입니다. 중세의 신비주의적인 종교 시인인 안젤루스 실레지우스[5]가 신은 의지가 없는 존재라고 말한 것은 그가 사실 이 진리를 잊고 있었다는 것을 말합니다.

우리들은 기도한다. '오, 주여, 당신의 뜻대로 하소서'라고. 그러나 보라, 신에게는 의지가 없나니, 신은 영원한 휴식임을."

Wir beten : "Es gescheh' mein Herr und Gott dein wille."
Und sieh, er hat nicht Will', er ist ein' ew' ge Stille.

그녀는 내가 말하는 동안 조용히 귀를 기울였다. 그리고 잠시 생각에 잠겼다가 말했다.
"당신의 신앙에선 건강함과 힘을 느낄 수 있어요. 하지만 세상에는 삶에 지쳐 휴식과 잠을 그리워하는 사람들도 있답니다. 그런 사람들은 신의 품에 안겨 영원히 잠들기만 하면 세상에 대해 아무 애착도 아쉬움도 느끼지 않을만큼 큰 고독에 빠져 있답니다. 지금이라도 신의 품에 안기기만 하면, 그들은 거룩한 안식이 찾아오리라는 희망을 갖고 있어요. 그들이 그렇게 생각할 수 있는 것은, 그들에겐 이 세상과 연결시키는 아무런 연관도 없고, 또 그들의 쉬고 싶다는 소망 이외에는 그 어떤 소망에서도 안식을 찾지 못하기 때문이랍니다.

---

5) 안젤루스 실레지우스(Angelus Silesius ; 1624∼1677) — 영국 출신의 시인으로 루터주의와는 반대의 성향을 띰. 신비주의 경향으로 종교개혁 반대 운동에 앞장섰다.

휴식은 최고의 선, 만일 신이 휴식이 아니라면,
나는 곧바로 신 앞에서 두 눈을 감아 버리리.

Ruh ist das höchste Gut, und wäre Gott nicht Ruh', Ich schosse
vor ihm selbst mein' Augen beide zu.

아무튼 당신은 《독일 신학》의 저자가 말하려고 하는 의도를 조금
잘못 판단하고 있는 것 같아요. 그 저자는 외면적인 삶의 허무함을
가르쳐 주기는 했지만, 결코 그 삶이 멸망되기를 바라지는 않았어요.
제게 그 책 28장을 좀 읽어 주세요."
　내가 그 책을 읽어 주는 동안 그녀는 두 눈을 꼭 감고 듣고 있었
다.

"만일 진실로 이런 합일이 이루어진다면 곧 그 합일 가운데서 내
적인 인간은 움직이지 않게 되며, 신은 외적인 인간으로 하여금 그
로부터 신에게로, 이쪽에서 저쪽으로 이리저리 움직이게 하시니라.
그렇게 되는 것은 필연적인 사실이며, 진실로 그렇게 되어야 하노라.
따라서 외면적인 인간은 진실로 이와 같이 말하게 되리라.
　'나는 존재하거나 존재하지 않거나 하지도 않으며, 산 것도 죽은
것도 아니요, 아는 것도 모르는 것도 아니고, 행동하는 것도 행동하
지 않는 것도 아닙니다. 무릇 이런 모든 것들은 내가 원하는 바가 아
닙니다. 다만 필연적으로 그렇게 할 것이로되, 나는 그것을 내 스스
로 행하거나 이겨 내면서 받아들일 마음의 준비를 갖추고 순종할 따
름이옵니다.'
　이와 같이 외면적인 인간은 왜라고 사물의 이치를 따지고 묻거나

스스로 요구하는 것이 아니라 묵묵히 영원한 분의 의지에 따르려고 하는 법이니라.

진실로 내면적인 인간은 움직이지 않으며, 외면적인 인간이 필연적으로 움직이도록 정해져 있음은 널리 알려진 사실이로다. 만약에 내적인 인간이 외면적인 인간의 움직임에 대해 왜라고 의혹을 품게 되는 경우가 있다 해도 그것 역시 영원한 분의 의지에 의해 정해진 필연에 다름 아니니라. 신 자신이 인간이 될 수 있거나 인간이 된 경우도 이와 마찬가지니라. 이 사실을 우리는 그리스도에게서 볼 수 있도다.

신의 광명으로부터 나와 신의 광명 속에서 합일이 이루어진다면 거기에는 교만한 마음이나 경솔한 방종, 자유분방한 기질을 볼 수 없을 것이며, 그곳엔 오직 끝없는 겸손과 다소곳하고 조심스런 근심, 정직함과 성실, 평등과 진리, 평화로움과 만족스러움 요컨대 덕성이라 불리는 모든 것이 있음이니라. 만약에 그런 덕이 모두 갖추어지지 않은 경우 앞에서 말한 바와 같은 합일은 있을 수 없으리라.

다만 실로 세상의 그 어느 것도 이 같은 합일을 도와 주거나 그것을 이끌어갈 수가 없느니라. 마찬가지로 그 어느 것도 그 합일을 교란시키고 방해할 아무것도 없느니라. 왜냐하면 그 의지에 의해 합일에 큰 해를 끼치는 것은 오직 인간 자신이 내세우는 인간의 뜻뿐이기 때문이로다. 이 점을 깊이 명심해야 할지니라."

"그만 됐어요. 그것으로 충분해요. 이로써 이제 우리는 서로를 이해하게 되었다고 생각해요. 이 미지의 저자는 책의 또 다른 대목에서도 분명히 밝히고 있답니다. 즉 어떤 인간도 죽음을 앞에 두고 마음의 동요가 없을 수는 없다고요. 아무리 신격화된 인간도 한낱 신의 손 또는 신이 사는 신전에 불과해서 신의 뜻이 없으면 혼자서는 스스로 아무것도 할 수 없다구요.

신을 신봉하는 인간은 자신의 상태를 잘 알고 있으면서도 그것에 대해 아무 말도 하지 못합니다. 다만 신 안에서의 자신의 삶을 그는 마치 사랑의 비밀을 간직하듯 지키는 거예요. 나는 가끔 나 자신이 저 창 밖에 보이는 백양나무 같다는 기분이 들 때가 있어요. 그 나무 는 저녁 무렵이 되면 잎새 하나 흔들리지 않고 조용히 서 있지요. 그 러다가 아침이 되면 잔잔한 바람에도 잎새들이 한들한들 흔들리지 요. 하지만 나무 줄기와 가지는 여전히 조용히 꼼짝도 않고 서 있습 니다. 그리고 마침내 가을이 오면 한때 흔들리던 모든 잎새들은 시 들어 땅에 떨어집니다. 그래도 줄기만은 여전히 가만히 서서 끈질기 게 새로운 봄을 기다린답니다."

그녀는 이 같은 세계에 깊이 빠져서 살고 있었기 때문에 나는 굳 이 그녀를 방해하고 싶지 않았다. 하긴 나 자신도 그와 같은 사념의 마력에서 가까스로 벗어난 상태였다. 어쩌면 그녀가 오히려 올바른 자기 몫을 선택한 게 아닌가 할 정도였다. 따라서 우리들에게는 이 처럼 아직 여러 가지로 걱정해야 할 일이 많은 것 같았다.

이렇게 매일 저녁 우리에게는 새로운 화제가 계속되었고, 그런 저 녁이 거듭될수록 바닥을 가늠할 수 없는 깊은 마음을 지닌 여인을 들여다보는 나의 시야는 자꾸만 새롭게 열려져 갔다. 그녀는 내게 아무것도 감추는 게 없었다. 그녀는 느끼고 생각한 대로 말했다. 또 그녀가 이야기한 것은 모두 이미 여러 해 동안 그녀의 삶과 함께 마 음 속에서 자라온 것임에 틀림없었다. 그렇게 그녀는 마치 한아름 꺾어 모은 꽃을 아낌없이 잔디 위에 흩뿌리는 어린아이처럼 자기 자신이 수집한 생각을 모조리 내보였다. 그러나 나는 그녀처럼 스스럼없이 내 마음을 활짝 열어 보일 수가 없었다. 그것이 나를 괴롭히고 우울하게 만들었다.

어쨌든 이 사회는 관습이라든가 예의라든가, 체면 혹은 현명함, 처세술, 삶의 지혜 등으로 규정지어 버림으로써 우리들에게 끊임없이 속마음을 감추도록 요구한다. 그리고 우리의 삶 전체를 일종의 가면무도회로 만들어 버린다. 아무리 뜻이 있다 한들 이런 습관에 젖은 채로 자신의 본질이 갖는 참모습을 진실하고 솔직한 태도로 되찾을 수 있는 사람은 과연 몇 명이나 될까?

심지어 사랑에 있어서조차도 하고 싶은 말을 솔직하게 터놓고 얘기하고, 침묵하고 싶어할 때도 내버려 두지 않고 열에 들떠 공연히 시인의 명문구를 빌어 보기 흉하게 열광하거나 괴롭다는 듯 한숨지으며 일시적인 유희를 벌인다. 있는 그대로 맞아들이고 서로를 직시하며 자신을 헌신할 줄을 모른다. 그녀에게 그런 점을 솔직하게 털어놓고 '당신은 내 마음을 이해하지 못하고 있습니다'라고 솔직히 고백하고 싶은 게 간절한 나의 심정이었다. 그러나 내 마음을 표현할 말이 도무지 떠오르지 않았다. 그래서 그녀와 작별하기 전에 바로 최근에 구한 아놀드[6]의 시집 한 권을 건네 주며 '파묻힌 생명'이라는 시 한 편을 읽어 보라고 청했다. 그것은 바로 나의 고백이었다.

그런 다음 나는 그녀의 침대 곁에 무릎을 꿇고 '안녕히 주무십시오'라고 저녁 인사를 했다. 그녀도 '안녕히 가세요'라고 말하며 내

---

6) 아놀드(Matthew Arnold;1822~1888) — 영국의 시인이며 비평가. 고대 정형시 형식을 따르고 이상을 추구함. 1857~1867년까지 옥스포드 대학 교수로 재직, 막스 뮐러의 동료 교수였다.

머리 위에 한 쪽 손을 얹었다.

그녀의 손길은 내 온몸에 전류가 흐르듯 짜릿한 전율이 퍼지게 했다. 어린 시절의 꿈들이 내 마음 속에서 둥실둥실 떠다니는 것만 같았다. 나는 그 자리를 뜰 수가 없었다. 그래서 그녀의 깊고도 깊이를 알 수 없는 신비로운 눈길을 그윽하게 바라보았다. 그리고 그녀의 마음 속의 평화의 그림자가 내 마음을 두루 감싸기를 기다렸다. 그러고 나서 일어서서 말없이 집으로 돌아왔다.

그날 밤, 나는 거센 바람 속에 서 있는 백양나무 꿈을 꾸었다. 꿈 속의 그 나무 주위에는 바람이 거세게 울부짖고 있었는데도 나뭇가지에 매달린 잎새는 하나도 흔들리지 않았다.

파묻힌 생명

우리 사이에는 즐거운 대화가 가볍게 오고 갔다.
보라, 내 눈망울이 눈물로 젖어 있음을!
이름 모를 슬픔이 내 마음에 가득하노라.

그렇다, 우리는 알고 있다.
우리가 서로 농담을 주고받을 수 있음을,
그리고 미소를 건넬 수도 있음을!
그러나 가슴 한구석에는 남모르는 슬픔이 감추어져 있으니,
그것은 그대의 가벼운 농담도 받아들이지 못한다.

그대의 손을 이리 주오, 그리고 잠시만 말하지 마오.

그대의 즐거운 미소도 내게는 아무런 위안이 되지 못하는 것,
다만 그대의 그 맑은 눈동자 내게로 돌려 다오.
그대의 영혼 가장 깊은 곳을 들여다볼 수 있도록, 사랑하는 이여!

아, 사랑조차 이토록 약한 것일까?
마음의 문 활짝 열어 사랑을 고백할 수는 없는가?
사랑하는 사람들조차 진실로 가슴에 품은 것을
서로 말로써 표현하지 못하는가?
나는 알고 있었지, 수많은 사람들이
한사코 자신의 생각을 감추는 것을.
혹시나 자신의 생각을 솔직히 고백했다가
남들에게 매정하게 거절당할까, 아니면 멸시당할까
두려워하기 때문이라는 것을.
나는 또한 알고 있었지, 사람들은
가면 속에 모든 걸 숨기고 행동하며 산다는 것과
남들에게나 자신에게나 서먹서먹하게 대한다는 것을.
하지만 모든 사람들의 가슴 속에서는
똑같은 심장이 고동치고 있음을!

그러나 사랑하는 사람이여! 그 속박이 우리 가슴과 목소리까지
마비시킨단 말인가? 말 못 하는 한스러움이여!

아! 단 한순간만이라도
서로의 마음을 활짝 열어젖힐 수 있다면,
우리의 굳은 입술을 묶고 있는 사슬을 풀 수 있다면.

그러나 그것을 속박하는 것은 운명인 것을.

운명은 알고 있다.
인간이 얼마나 변덕스러운 어린아이가 되는지
인간이 얼마나 하찮은 장난에 몰두하며
온갖 싸움에 몸을 맡겨
자기의 본성마저 잃을 수 있음을.
인간이 경박함을 잃지 않고
순수한 자아를 지키도록,
방종 가운데서도
존재의 법칙에 순응하도록,
눈에 보이지 않는 인생의 물결을 따라
우리 가슴 속의 어두운 도랑을 지나
알지 못하는 물결을 따라 흘러가게 함이라 ——
뜻대로 헛되지 않게.
하여 우리의 눈은
그 파묻힌 강을 찾지 못하며
영원히 생명의 강을 함께 흐르면서도
우리의 모습은 장님 같은 불확실 속을
정처 없이 떠도는 나그네의 방황 같은 것.

하지만 보라!
세상의 온갖 혼잡한 길목에서도
투쟁 속에서도
우리의 감춰진 생명의 신비를 알고 싶은

무한한 욕구가
끊임없이 내부에서 솟구치고 있으니
그것은 삶의 길을 알고자
참되고 깊은 흐름을 찾고자
주어지는 열망이다.
가슴 속의 열망과 심층의 힘을 모아
이토록 강하고 충만한 열정으로
고동치는 신비를 찾아 내려는 그리움이다.
얼마나 많은 이들이 자신의 가슴 속을 더듬어 보았는가.
그러나 애석하게도 속속들이 파헤친 사람은 아무도 없다.

우리는 수많은 일터에서
그 힘과 재주 모자람 없건만
그러나 단 한순간도
우리 본연의 길에 설 수도 없고
우리의 참된 자아를 찾을 수도 없는가.
우리의 가슴 깊이 흐르는
그 수많은 이름 모를 감정 중에
단 한 가닥도 표현해 낼 능력이 없다.
하여 그 감정들은 영원히 표현되지 않은 채
흘러가고 만다.
오랜 세월 헛되이 우리는
숨겨진 참된 자아를 좇아 말하고 행동하고자 한다.
우리의 말과 행동은 아름답고 상냥하나 ——
아, 그것이 모두 진실은 아니어라!

하여 우리는 헛된 마음의 싸움에 지치고
더 이상 괴로워하지 않으리라.
속절없는 순간을 향해 갈구하지 않으리라.
수천 가지 무위한 행위를
그것을 망각하고 마비시킬 힘을.
아, 그러면 우리의 요구에 따라
우리를 마비시킨다.
그러나 아직도 이따금
어렴풋한 그림자 고개 쳐들어
끝없이 아득한 영혼의 깊은 현실로부터
소리와 먼 메아리가
달콤한 마술과 함께 나타나
우리의 생각 속에 우수가 내려앉고,
무거운 비통함의 날들을
막지 못하리라.

다만, 아주 드물게
사랑하는 이의 손길이 우리의 손 위에 놓여질 때,
무한한 광채와 소음에서 헤어날 때
시간이 영원으로 흐를 때
우리의 눈이 상대의 눈이 하는 말을
분명히 읽어 낼 수 있을 때
세상의 온갖 소음이 귀청을 따갑게 해도
사랑하는 이의 목소리가 다정하게 울려 올 때——
그때에는 우리 가슴 속 어디에선가 빗장이 열리고

오래도록 잊고 있던 감정의 맥박이
새롭게 고동을 치게 된다.
눈은 내면을 향하고
가슴은 평온해지며
이제 우리는 뜻하는 것을 말하게 되고
우리가 원하는 것이 무엇인지를 의식하게 된다.
굽이치는 생명의 속삭임을 듣게 되며
생명의 흐름을 보며
안개긴 초원의 향내를 맡고
태양과 미풍을 느낀다.
헛되이 지나가 버리는
그림자 같은 휴식을 잡으려고
쉴새없이 쫓았건만
마침내 고요한 휴식이 찾아오는구나.
이제 서늘한 바람이 그의 얼굴을 스치고
보이지 않는 고요가 그의 가슴에 넘쳐 흐르네.
그럴 때 인간은 생각하리라.
자신의 생명이 시작된 근원과
그 생명이 흘러갈 대양을
뚜렷이 알고 있노라고.

Das Begrabene Leben

Es spielt jetzt zwischen uns der Scherz so leicht.

Und doch siehst du mein Auge tränenfeucht;
Mich überkommt's mit namenloser Trauer.

Ja, ja, wir wissen daß wir scherzen können,
Wir dürfen uns ein frohes Lächeln gönnen,
Und doch birgt biese Brust geheimen Schauer,
Ein Etwas, das dein Scherzen nicht verscheucht,
Für das dein Lächeln Balsam reicht.

Leg' deine Hand in mein und, schweigend
Und wortelos zu mir herüberneigend,
Laß mich in diesen klaren Augen lesen,
Geliebte, deiner Seele innerlichstes Wesen.

Ach! kann denn selbst die wahre Liebe nicht
Das Herz erschließen, daß es spricht?
Fehlt selbst den Liebenden die Macht, zu sagen
Einander, was sie wirklich in sich tragen?
Wohl wußt' ich, daß der Mensch verhehlt.
Sein Denken, weil die Furcht ihn quält,
Es möchte, würd' es jemals offenbar,
Gleichgültig abgewiesen, oder gar
Getadelt werden von der andern Schar.
So habe ich auch wohl gewußt,
Daß sich der Menschen Leben und ihr Treiben

In Trug versteckt, und daß sie fremde bleiben
Sich selbst und andern; und doch schlägt
Das gleiche Herz in jeder Menschenbrust.

Doch wir, Geliebte? Lastet solcher Bann
Auch uns auf Herz und Mund, daß er nicht sprechen kann?

Ach! wohl uns, wenn nur einen Augenblick
Wir können unser Herz befrein
Und unserm Lippen Sprache leihn;
Denn was sie fesslte, das ist Geschick!

Die Vorsehung, bewußt.
Welch leichtes Kind der Mensch einst würde sein,
Wie er Zerstreuungen würd' unterliegen,
In Streit sich stürzen und Gefahren
Und fast vertauschen seine Eigenheit,
Sie hieß —— vor seinem Leichtsinn zu bewahren
Sein Wahres Selbst, und ihn zu zwingen,
Sich selbst zum Trotze, sich zu fügen
In die Gesetze seines Seins——
Den unbemerkten Strom des Lebens
Hin durch die tiefen Gänge unsrer Brust
In unsichtbarem Fluten vorwärts dringen;
Und sie gebot, und nicht vergebens,

Daß von den Menschenaugen keins
Den tief begrabnen Strom je fände,
Und wir erscheinen sollten,
Als ob wir blind ins Ungewisse rollten,
Obschon mit ihm wir treiben ohne Ende.

Doch sieh! im dichtsten Weltgedränge
Und mitten in dem Kämpfen, Jagen,
Kommt oft das unaussprechliche Verlangen
In uns, zu kennen das begrabne Leben.
Es ist ein Dürsten, alles dran zu geben,
Das innre Feuer, die unstete Kraft,
Um auszuspüren unsres Lebens Günge
Und seinen wahren, tiefsten Lauf zu finden;
Es ist die Sehnsucht, zu ergründen
Dies Herz in uns, des pulse schlagen
So wild, so stark, so voller Leidenschaft;
Es ist der Wunsch, Gewißheit zu empfangen,
Wie die Gedanken wohl entstehn,
Woher sie kommen und wohin sie gehn.

Und dann forseht mancher in der eignen Brust,
Doch keiner, ach! gräbt iemals tief genug.
Denn tausendfältig sind wir wohl gewesen
Und jede Macht und Kunst war uns bewußt,

Doch war Kaum eine Stunde in der Zeiten Flug,

Die Zeigte unser eigentliches Wesen;

Kaum waren wir zu äußern so geschickt

Nur eins von allen den Gefühlen,

Die namenlos durch unsre Brüst sich wühlen——

Und ewig fluten sie unausgedrückt.

Und lang' versuchen wir vergebens

Zu sprechen und zu handeln

Nach dem in uns verborgnen Selbst; doch ach!

Was wir nun sagen, was wir tun, ist klar,

Beredsam, schön und gut,—— doch ist's nicht wahr

Und müde dann des unbelohnten Strebens,

Des innern Kampfes, wenden wir uns ab,

Verzweifelt fordernd von dem Augenblicke,

DaBer mit tausend Nichtsen unsrer Qual

Betäubung und Vergessen schicke;

Ach ja! und das Kommt schnell we man's befahl!

Doch aus der Seele Tiefen heben

Von Zeit zu Zeit, undeutlich, Schatten gleich,

Als stammten sie aus fernem, fernem Reich,

Sich Klänge, leise Echos, die umschweben

Mit süßem Zauber uns und senken

Melancholie in unser Denken,

Daß wir den Ganzen Tag des schweren,

Verbrognen Grams uns nicht erwehren.

Nur wann, doch selten ist's gestattet,
In unsre eine teure Hand sich legt;
Wann, von dem Glanze und dem Lärm ermattet,
Mit dem die Stunde ewig Stunden schlägt,
Klar unser Auge lesen kann
In einem andern Auge; wann
In unser weltbetäubtes Ohr der Klang
Geliebter Stimme schmeichelnd drang,
Scheint irgendwo in unsrer Brust
Ein Riegel sich zurückzuschnellen,
Und ein Gefühl, das lang' uns nicht bewußt,
Schlägt neue Wellen.
Nach innen schaut der Blick, und unverhüllt,
Sieht er das Herz, und was es nun erfüllt,
Das sagen wir, und wissen auch, was unser Wille.
Dann sieht der Mensch den Lebensstrom; das stille
Gemurmel seiner Wellen hört er, fühlt die Lüfte,
Die ihn befächeln, atmet froh die Düfte
Der Wiesen, wo er gleitet, ein,
Und schaut die Blumen und den Sonnenschein.
Und in das heiße Jagen nach der Ruhe,
Den flüzcht'gen falschen Schatten, den er stets
Vor sich einhertreibt, was er immer tue,
Kommt jetzt ein Stillestand. So Kühlend, weht's

Aufs Antlitz ihm, verscheuchend alle Pein,
In seine Brust zieht seltner Friede ein;——
Und dann glaubt er, er fand
Die Hügel wo sein Lebensstrom entstand,
Den Ozean wohin er sich gewandt…….

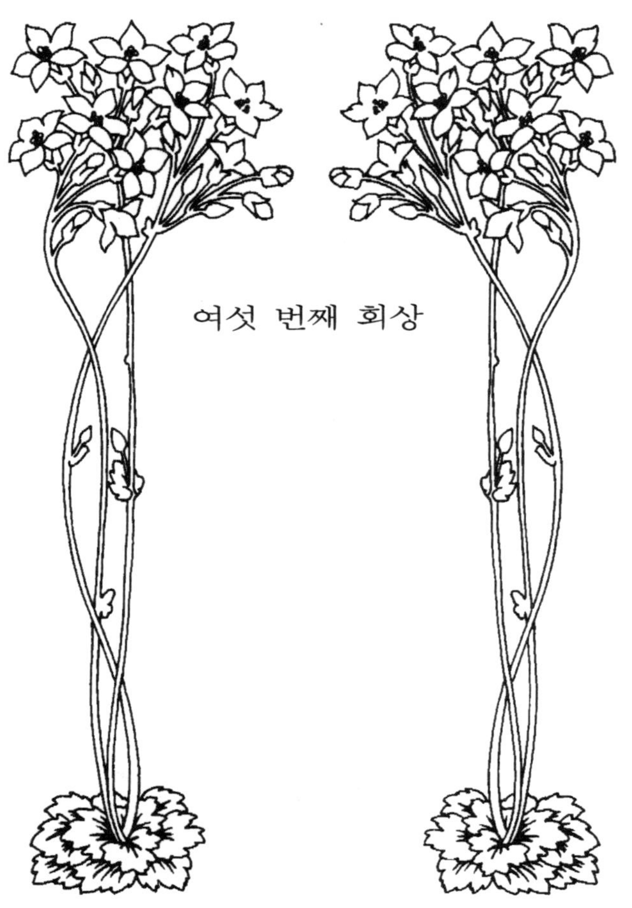

여섯 번째 회상

너는 달 밝은 여름 밤,
홀로 너도밤나무 숲을 거닌 적이 있을 것이다.
그때 달은 모든 나뭇가지와 잎새에
은빛 광선을 골고루 쏟아 주지 않던가?
달은 흙탕물에도 빛을 비춰 주고,
작은 물방울 속에서도 아름답게 그림자를 머물게 하지 않던가?

<h1 style="text-align:center">여섯 번째 회상</h1>

다음 날 아침 일찍 누군가 문을 두드렸다. 곧이어 성의 시의(侍醫)인 노의사 호프라트가 들어섰다. 그는 주민들의 친구로, 정신과 육체를 돌봐 주며 2대에 걸쳐 주민들의 성장 과정을 지켜 보아 온 사람이었다. 그가 출산을 도왔던 아이들이 어느 새 아버지가 되고 어머니가 되었지만, 아직도 그는 그들을 어린아이처럼 여겼다. 그는 아직 독신이었다. 하지만 나이가 많음에도 불구하고 아직 정정하고 미남이라 부를 만한 풍채와 외모였다.

지금도 내 기억에 떠오르는 그 노의사의 모습은 내가 어린아이였을 때 내 앞에 서 있던 모습 그대로이다. 짙게 드리워진 눈썹 밑에서 빛나던 밝고 푸른 눈, 윤기가 흐르는 굽슬굽슬한 머리칼이 아직도 눈앞에 선하다. 또한 은장식이 달린 구두와, 흰 양말, 새것 같으면서도 무척 오래 된 듯한 갈색 외투 등을 나는 잊을 수가 없다. 또 지팡이는 내가 어렸을 때 맥을 짚어 본다든가 처방을 해 줄 때 내 침대 곁에 세워져 있던 바로 그 지팡이였다.

어린 시절 나는 자주 앓았다. 하지만 매번 금세 회복될 수 있었던 것은 그 노의사에 대한 나의 믿음 덕분이었다. 나는 노의사가 나를 낮게 해 주리라는 것을 단 한 번도 의심한 적이 없었다. 아플 때마다 그 의사를 모셔와야겠다고 하시던 어머니의 말씀은 마치 찢어진 양복을 수선하기 위해 양복쟁이를 불러야겠다는 소리와 똑같이 들렸다. 나는 그 노의사가 지어 주는 약을 먹기만 하면 당장 몸이 낫는 듯한 느낌이 들었다.

"자네, 요즘 어떻게 지내나?"

노의사가 방 안으로 들어서며 말했다.

"얼굴빛이 그다지 좋아 보이지 않는군. 너무 지나치게 공부하지 말게나. 아무튼 오늘은 오래 얘기할 시간이 없네. 내가 온 이유는 다시는 마리아를 찾아가지 마라는 부탁을 하러 온 걸세. 나는 어제 밤새도록 마리아를 돌보았다네. 그건 자네 때문일세. 그러니 마리아의 목숨이 소중하게 생각되거든 앞으로 다시는 방문하지 말게. 마리아도 가능한 한 빨리 시골로 요양을 떠나게 해야겠네. 자네도 얼마 동안 여행을 떠나는 게 좋겠네. 자, 그럼 잘 있게. 내 말을 꼭 명심하기 바라네."

이렇게 말하고는 그는 내게 악수를 청했고, 내게 다짐이라도 받으려는 듯 그윽하게 내 눈을 쳐다보았다. 그리고 환자들을 돌보기 위해 떠나갔다.

다른 사람이 내 마음 속 비밀을 깊숙이 파고들어왔다는 사실, 게다가 나 자신도 모르고 있던 것조차 알고 있었다는 사실에 나는 매우 놀랐다. 노의사가 큰 길을 걸어가고 있을 때에야 비로소 나는 충격에서 벗어나기 시작했다. 내 마음 속은 벌써 불 위에 올려놓은 물이 처음에는 잠잠하다가 갑자기 끓어 넘치는 것처럼 부글부글 끓어오르기 시작했다.

이제 그녀를 다시는 만날 수 없다니? 나는 그녀 곁에 있을 때만

살아 있음을 느끼는 사람이 아닌가? 나는 그저 잠자코 바라만 보아도 좋다. 그녀에게 아무 말도 걸지 않아도 상관없다. 다만 그녀가 잠들어 꿈을 꿀 때 가만히 창가에 서 있기만 해도 좋다. 그런데 그녀를 앞으로 다시는 만나지 못한다고? 작별 인사조차 할 수 없단 말인가?

그리고 그녀는 내가 자기를 사랑한다는 사실을 모른다. 나는 그녀에게 아무것도 바라지 않는다. 아무것도 원하지 않는다. 내가 그녀 곁에 있을 때에는 내 심장은 빨리 뛰어 소리를 들을 수 있을만큼 두근거린다. 그래도 나는 그녀 가까이 있지 않고는 견딜 수가 없다. 나는 그녀의 영혼과 교감하지 않고는 견딜 수 없다. 그녀에게 가지 않으면 안 된다! 그녀도 나를 기다리고 있을 것이다.

운명이 우리 두 사람을 아무런 목적도 없이 만나게 한 것일까? 나는 그녀의 위안이 되고, 그녀는 나의 안식이 되어서는 안 되는 이유란 무엇이란 말인가? 인생이란 결코 장난이 아니다. 두 영혼의 만남이 열풍에 소용돌이쳐서 모였다가 다시 흩어지는 저 사막의 모래알과 같을 수야 없다. 운명이 호의를 베풀어 우리의 영혼들을 서로 만나게 해 주었으므로 우리는 꼭 붙잡고 놓지 말아야 한다. 왜냐하면 그 영혼들은 우리에게 운명적인 존재이기 때문이다. 그것을 위해 살고 싸우며 죽을 만한 용기만 있다면, 그 어떤 힘도 우리들을 갈라 놓지 못하리라. 만약에 내가 한동안 나무 그늘 밑에서 그토록 달콤한 꿈을 꾸다가 단 한 번의 천둥 소리에 놀라 쉽게 나무를 떠나가듯, 내가 그녀의 사랑을 떠나 버린다면, 그녀는 나를 경멸할 게 분명하다.

그러자 내 마음 속이 갑자기 평온해지며 단지 그녀의 사랑이라는 말만 귀에 쟁쟁하게 들렸다. 그 말은 내 마음 구석구석을 메아리처럼 울려와 나 자신도 놀라지 않을 수가 없었다. 그녀의 사랑, 내가 어떻게 그것을 얻을 수 있단 말인가? 사실 그녀는 내 속마음을 거의 모르고 있다. 만일 그녀가 나를 사랑할 수 있게 된다 하더라도, 나 자신이 천사의 사랑에 어울리지 않음을 그녀에게 내 입으로 고백하리라.

내 마음의 온갖 사념과 희망들은 마치 푸른 하늘로 날아오르려 하지만 자신을 둘러싼 새장을 못 보는 새처럼 푸드득 날아올랐다가 할 수 없이 도로 주저앉곤 했다. 나는 이 모든 행복이 이토록 내 가까이 있는데도 왜 잡을 수는 없는 것일까? 왜 신은 기적을 내리시지 않는 걸까? 신은 매일 아침마다 기적을 내리시지 않는가 말이다. 신은 믿음에 찬 기도를 올리며 오직 신을 믿고 간절히 의지하면 종종 내 기도를 들어 주시지 않았는가?

우리가 바라고 있는 것은 절대로 눈앞에 보이는 세속적인 축복이 아니다. 우리는 서로를 발견하고 서로 알게 된 두 영혼이 손을 맞잡고 서로를 마주 바라보며, 지상의 이 짧은 여행을 함께 하고 싶다는 것, 그리고 이 여행이 끝날 때까지 나는 그녀의 의지가 되어 주고, 그녀는 내게 위안이 되어 사랑스런 동반자로 머물기를 바라는 것, 그것이 바로 우리들의 소원이다.

그녀의 인생에 또 다른 봄이 찾아온다면, 그녀의 고통을 제거할 수 있다면! 오, 그때 내 눈앞에 얼마나 행복한 날들이 펼쳐질 것인가! 돌아가신 그녀의 어머니는 그녀에게 티롤 지방의 옛 성을 남기셨다. 그곳의 푸른 산, 상쾌하고 맑은 공기와 건강하고 소박한 주민들, 세상의 온갖 조급함과 번잡함과 괴로움에서 멀리 떨어져 있다. 시기하는 사람도 비판의 눈초리도 없는 곳에서 우리는 평안함에 잠겨 인생의 황혼기를 맞이하여 '저녁놀처럼 조용히 사라질 수' 있지 않을까?

그때 나는 검은 호수와 살아 있는 듯 반짝이는 은빛 물결을 보았고, 수면 위에 맑게 비치는 저 눈 덮인 먼 산의 투명한 그림자가 떠올랐다. 또 내 귀에는 양 떼의 방울 소리와 목동들의 노랫소리가 들려 왔다. 또 어깨에 총을 멘 사냥꾼들이 산을 넘어가는 모습, 저녁 무렵이면 마을로 모여드는 노인들과 젊은이들의 모습도 보였다. 그녀는 어디를 가든 평화의 천사처럼 축복을 뿌리면서 지나갔다. 나는 물론 그녀의 친구이자 안내자이다.

역시 넌 바보야! 나는 스스로에게 소리쳤다. 정말 바보야! 어쩌면 네 마음은 그렇게 격렬하며 비겁하단 말이냐! 정신 좀 차려라. 네가 누구인지를 곰곰이 생각해 봐. 그녀에게서 얼마나 멀리 떨어져 있는지를 생각해 보란 말이야.

물론 그녀는 상냥하고, 다른 사람의 마음에 자기 자신을 비추어 보기를 좋아한다. 하지만 그녀의 어린아이 같은 천진난만한 태도야말로 그녀 가슴 속에 너에 대해 별달리 깊은 감정을 지니고 있지 않다는 가장 큰 증거가 아니고 무엇인가.

너는 달 밝은 여름 밤, 홀로 너도밤나무 숲을 거닌 적이 있을 것이다. 그때 달은 모든 나뭇가지와 잎새에 은빛 광선을 골고루 쏟아 주지 않던가? 달은 흙탕물에도 빛을 비춰 주고, 작은 물방울 속에서도 아름답게 그림자를 머물게 하지 않던가? 이와 마찬가지로 그녀의 눈빛도 이 어두운 삶에 빛을 던져 주고 있는 것이다. 너 역시 그녀의 정다운 빛을 네 마음 속에 투영시켜 간직하고 있겠지. 그러나 결코 그 이상의 따뜻한 눈길을 기대해서는 안 될 것이다.

그때 갑자기 그녀의 모습이 생생하게 내 눈앞에 떠올랐다. 그녀는 기억 속의 모습으로서가 아니라 실제처럼 내 앞에 서 있었다. 나는 비로소 처음으로 그녀가 얼마나 아름다운가를 깨닫게 되었다. 그것은 사랑스러운 소녀의 아름다움처럼 처음에는 우리들 눈을 부시게 하지만 얼마 안 가서 봄날 꽃처럼 흩날려 없어지는, 그런 색이나 형태의 아름다움이 아니었다. 그 아름다움은 오히려 그녀의 모든 본질의 조화된 모습에서 오는 것이었다. 하나하나의 움직임의 아름다움은 진실이요, 전체가 영적인 표현이며, 육체와 정신의 완전한 융합이어서 그녀를 바라보는 사람으로 하여금 더없이 행복감에 빠져들게 하는 아름다움이었다.

자연이 아낌없이 나누어 주는 아름다움은 그것을 받는 사람이 완전히 자기 것으로 만들 만한 자격이 없으면, 말하자면 노력해서 정복하지 못한다면 결코 만족감을 주지 않는다. 그렇지 않은 경우 그 아름다움은 마치 여배우가 여왕의 의상을 차려입고 무대에 나타나 한 걸음 한 걸음 걸을 때마다 의상과 몸이 따로 놀아 아름다움이 자기 것이 아님을 드러내듯이, 오히려 눈에 거슬릴 뿐이다. 그러나 참된 아름다움이란 우아함이며, 우아함은 온갖 조잡한 것, 육체적인 것, 세속적인 것의 정신화된 모습을 의미한다. 그것은 심지어 추한 것까지도 아름답게 만드는 것이 바로 정신이란 존재이다.

그렇게 내 앞에 서 있는 환상을 자세히 들여다보면 볼수록 나는 그 모습 전체에서 온몸에 스며 있는 고귀한 아름다움이 풍겨 나오고 그 존재가 갖는 정신의 깊이를 알아볼 수 있었다. 오, 그토록 가슴 벅찬 축복이 그 얼마나 내 가까이에 있는가.

그러나 그 모든 축복은 내게 이 행복의 절정을 맛보게 하고는 영원히 인생의 고독한 사막으로 나를 내쫓으려는 과정에 불과한 것이었다. 오, 차라리 이 세상에 얼마나 엄청난 보물이 숨겨져 있는지를 몰랐더라면 얼마나 좋았을까! 단 한 번 사랑하고는 영원히 고독해져야 한단 말인가! 단 한 번 빛을 보고는 영원히 눈이 멀어야 한단 말인가! 이것은 너무나 가혹한 고문이다. 인간이 행하는 어떤 고문도

이 고문에 비하면 그다지 두렵지 않으리라.

이렇듯 나의 생각은 앞으로 앞으로 걷잡을 수 없이 내달렸다. 그러다가 마침내 모든 것이 조용해지고, 소용돌이치던 잡다한 상념들이 차츰 가라앉고 차분해졌다. 사람들은 이러한 안정되고 고요한 상태를 혹시 명상이라고 부를지도 모른다. 하지만 그것은 차라리 관찰에 가깝다. 온갖 상념들이 하나로 뒤섞여서 거기에 시간을 부여하면, 마침내 그 모든 것들은 영원한 법칙에 따라 자연히 결정체를 형성한다. 그리하여 이 같은 과정을 과학자처럼 관찰하면서, 여러 요소들이 융합해 하나의 형태를 얻게 된다. 그러면 우리는 그 요소들이 처음 우리 자신이 기대했던 것과는 전혀 다른 존재가 되어 있음을 보고 종종 놀라게 된다.

이 같은 명상의 관찰 상태에서 눈을 떴을 때 내가 입에 올린 첫마디는 '여행을 떠나야겠다'는 말이었다. 그와 동시에 나는 책상 앞에 앉아 호프라트 의사에게 편지를 썼다. 2주일 동안 여행을 떠나니 모든 것을 부탁한다는 내용이었다. 부모님들께는 적당한 핑계의 말을 곧 찾았다. 그리고 그날 저녁때 나는 티롤을 향해 떠났다.

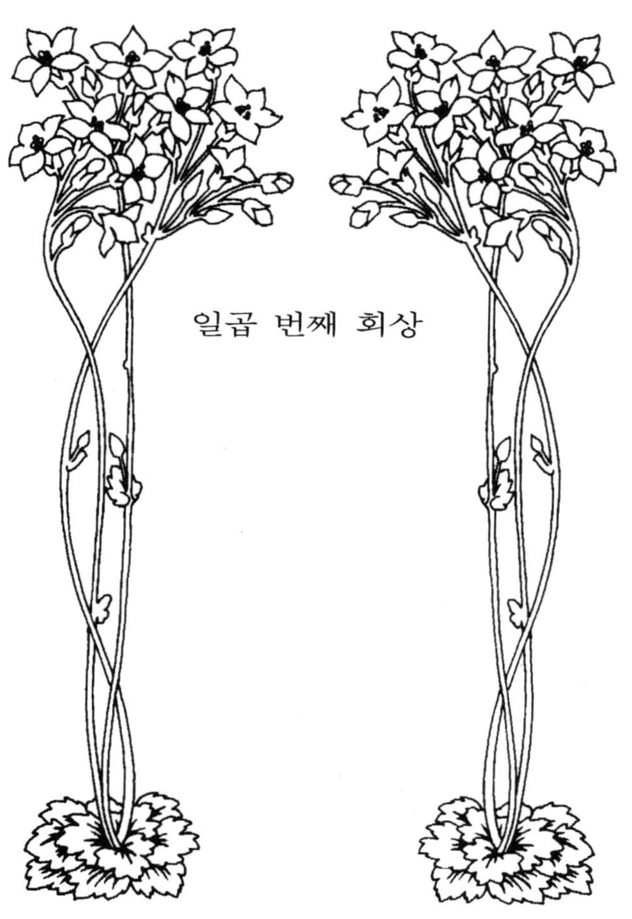

일곱 번째 회상

그때 뜻밖에도 어두운 하늘에 떠 있는 두 개의 별을 생각했다.
그러자 나도 모르게 감사의 기도가
내 마음 속 깊은 곳으로부터 흘러 나왔다.
내 수호 천사의 사랑에 대한 감사의 기도였다.

일곱 번째 회상

친한 친구와 손을 잡고 티롤 지방의 산과 골짜기를 누비고 다니노라면 누구나 신선한 생의 환희와 욕구를 느끼게 된다. 그러나 똑같은 길이라 해도 홀로 쓸쓸히 공상에 젖어 헤매다니는 것은 쓸데없는 시간 낭비일 뿐이다.

저 푸른 산과 어두운 계곡, 푸른 호수와 장대한 폭포가 무슨 소용이 있단 말인가? 내게는 그것들을 바라보고 감상할 여유가 없다. 오히려 그것들이 나를 바라보며 외로운 내 모습을 이상하게 여기는 것만 같다. 이 세상에서 내 곁에 있기를 원하는 사람이 그 누구도 없다는 사실이 나의 가슴을 조여 와 견딜 수 없었다.

나는 이러한 생각에 휩싸여 매일 아침 눈을 뜨곤 했다. 그 생각들은 머리에서 떠나지 않는 노래처럼 온종일 나를 쫓아다녔다. 저녁이 되어서야 여관으로 돌아와 하루 종일 지친 몸을 털썩 주저앉히면, 사람들은 고독한 방랑자의 행색을 이상한 눈초리로 바라보았다. 그러면 나는 혼자 있고 싶어 다시 아무도 없는 어둠 속으로 나갔다가 한밤중이 되어서야 살며시 돌아왔다. 그리고 조용히 내 방으로 올라가 따뜻한 침대에 몸을 던진 후 슈베르트의 가곡 '그대가 없는 곳에 행복은 꽃피노라'를 마음 속에 되뇌이다가 어느 새 잠이 들곤 했다.

어디를 가도 자연을 즐기며 환호하고 웃고 떠드는 사람들뿐이었다. 이런 사람들과 부딪치는 것이 도저히 견딜 수가 없어졌다. 마침내 나는 낮에는 하루 종일 잠을 자고, 달 밝은 밤중을 틈타서 홀로 이리저리 거닐며 여행을 계속했다. 이 여행에서 적어도 나의 괴로운 상념들을 몰아 내고 생각을 다른 데로 돌리게 하는 하나의 감정이 찾아왔으니, 그것은 공포심이었다.

하룻밤 내내 길도 모르는 산 속을 혼자서 헤매어 본 사람은 누구든 경험하게 된다. 눈은 극도로 민감해져서 먼 곳에 있는 물체의 모습까지 보게 되고, 귀는 병적으로 날카로워져서 어디서 들려 오는지도 모를 온갖 소리를 듣게 된다. 그리고 발은 갑자기 바위 틈을 헤집고 삐죽 솟은 나무 뿌리에 걸리거나 폭포의 물이끼 낀 미끄러운 길에서 미끄러지게 된다. 그러면 가슴 속에 남아 있는 것은 위로받을 길 없는 쓸쓸함뿐이고, 마음을 따뜻하게 해 줄 기억도, 매달리고 싶은 희망도 없다. 그런 여행을 한 번 경험해 보라. 그런 사람이라면 차가운 밤의 전율을 안팎으로 느끼게 될 것이다.

인간이 처음으로 느끼게 되는 공포는 신에게서 버림받았다고 생각될 때이다. 하지만 일상의 생활은 그 공포를 좇아 내 준다. 바로 신의 형상을 본떠서 창조된 인간들이 고독한 우리들을 위로해 준다. 그러나 인간의 위로와 사랑조차 떠나고 나면, 신과 인간 모두에게서 버림받는다는 것이 어떤 것인지를 뼈아프게 느끼게 된다.

그때에는 자연조차 우리를 위로해 주지 않는다. 아니 오히려 자연이 그 말없는 시간으로 두렵게 만든다. 그렇다, 단단한 바위 위에 발을 디디고 섰어도, 그 바위는 언젠가는 그것이 서서히 솟아났던 바닷속 티끌로 되돌아갈 것만 같은 생각이 든다. 또 마침 떠오른 달빛이 전나무 숲 위로 모습을 나타내어 그 암벽에다 그림자를 그려 주어도 그 달빛이 언젠가는 태엽을 감아 주었으나 멈춰 버린 시계의 죽은 바늘처럼 보인다. 심지어는 별을 바라보아도, 하늘이 아무리 푸르러도, 몸을 떨면서 외롭고 쓸쓸한 영혼이 머물 안식처는 주지 않는다.

단지 한 가지 상념만이 때때로 우리들에게 위안을 준다. 그것은 자연의 필연성이요, 무한성이요, 질서요, 그 의연함이다.

여기 폭포 양편 기슭에 있는 회색빛 바위가 검푸른 이끼로 뒤덮인 곳, 그 서늘한 그늘 속에서 우연히 한 송이 물망초를 발견했다고 하자. 그것은 모든 개울이나, 모든 초원에 피어 있는 수백만 물망초 중의 한 떨기이며, 이 지구상의 모든 시냇가와 목장에 피어 있을 뿐만 아니라 천지창조의 아침 이후로 끊임없이 만발해 온 수백만 꽃들 중의 한 송이에 불과하다. 그러나 그 꽃잎의 섬세한 줄기들, 꽃받침 안에 들어 있는 꽃술, 뿌리에 뻗은 잔뿌리 한 올 한 올의 숫자는 하나같이 헤아려져 정해져 있어 지상의 어떤 힘도 도저히 그 수를 늘이거나 줄이지 못한다.

둔한 눈을 한층 날카롭게 뜨고 초인적인 힘으로 자연의 그 깊은 신비를 들여다보라. 이 현미경이 꽃씨와 꽃봉오리와 그 외의 신비스러운 곳을 열어 보여 준다. 그러면 우리들은 그 섬세하기 이를 데 없는 조직과 세포 속에서 새삼스럽게 영원히 반복되는 형태를 알아볼 수 있을 것이다. 또한 그 섬세한 섬유질 안에 자연의 설계가 갖는 영원한 불가변성을 발견하게 될 것이다. 만약 이보다도 더욱 깊게 파고들어 간다면, 우리의 시선이 닿는 곳곳에서 그와 똑같은 형태의 세계가 다가와, 마치 거울로 둘러싸인 방 안에 들어갔을 때처럼 그 무한한 경이 속에서 눈 둘 곳을 잃게 되리라. 이토록 무한한 세계가 담겨 있는 곳이 단지 그 조그마한 꽃송이뿐이랴!

고개를 들어 푸른 하늘을 한 번 쳐다보라. 거기에도 영원한 질서가 자리잡고 있음을 보게 될 것이다. 위성은 유성의 주위를 돌고, 유성은 항성의 주위를 돌며, 항성은 또 다른 항성의 둘레를 돈다. 한층 더 우리들의 눈을 예리하게 하면 저 아득한 성운마저도 새롭고 아름다운 세계로 열릴 것이다. 그리고 생각해 보라. 그 장엄한 천체의 세계가 이룩하는 역사를. 별들의 운행은 사계절을 낳고, 물망초의 씨앗을 싹트게 하며, 세포가 열려 꽃잎이 돋아나게 하고, 마침내는 융단을 간 듯 초원을 꽃으로 장식하는 일을 생각해 보라.

뿐만 아니라 푸른 꽃받침 속에서 움직이고 있는 무당벌레들을 보라. 그것들이 눈을 뜨고 생명을 갖게 되고 살아서 생기 있는 호흡을 하는 모습은 꽃의 조직이나 생명 없는 천체의 기계적인 질서보다 수천 배나 더 신비롭다. 또한 우리들 자신도 이와 같은 영원한 조직 속의 구성원임을 느껴 보라. 그러면 우리와 함께 운행하고 우리와 함께 살다가 시들어 없어지는 저 무한한 피조물들로 인해서 저절로 위안을 얻게 될 것이다.

그러나 가장 하찮은 것에서 가장 위대한 것까지 지혜와 힘을 지니고, 그 생성의 신비와 신비의 존재를 모두 포괄하는 이 총체란, 결국 어느 한 존재의 작품이 아니겠느냐. 그 존재란 우리들의 영혼이 두려워 움츠러드는 존재가 아니라 오히려 그 앞에서 자기의 나약함과 무상함을 느낀 나머지 무릎을 꿇었다가 다시 그의 사랑과 자비심을 느껴 그를 향해 일어서는 그런 존재이다. 꽃의 세포나 별들의 세계나 무당벌레의 삶보다 훨씬 더 무한하고 영원한 무엇인가가 네 안에 있음을 느낀다면 ── 마치 그늘 속에 숨겨져 있듯 너의 내부에 영원이라는 광채가 두루 비침을 인식한다면 ── 너의 내부에서도,

너의 발 아래에서도, 너의 머리 위에서도 가상에 불과한 너를 실재로 만들며, 불안을 평안으로, 너의 고독을 보편적인 것으로 만들어 주는 어떤 실재자가 존재한다는 사실을 느끼게 된다면, 그때에 스스로 깨닫게 되리라. '창조주이신 아버지시여, 당신의 뜻이 하늘에서 이루어진 것같이 땅에서도 이루어지게 하옵시며, 땅에서 이루어진 것같이 내게도 이루어지게 하옵소서'라고 삶의 암흑 속에서 네가 누구를 향해 이렇게 호소하고 있는지를.

이윽고 우리의 마음 속과 주위가 밝아지고 새벽녘의 어둠은 차가운 안개와 더불어 걷히고, 새로운 온기가 추위에 떨고 있는 자연을 따뜻하게 해 주리라. 우리는 두 번 다시 헤어지지 않을 하나의 손길을 발견했다. 그 손은 산들이 진동하고 달과 별이 사라질 때도 너를 지켜 줄 것이다. 네가 어디에 있을지라도 우리는 그와 함께 있으며, 그 또한 우리 곁에 있다. 그는 영원히 가까이 있는 자이며, 온 세상의 꽃과 가시가 모두 그의 것이며, 인간의 기쁨과 슬픔 또한 모두 그의 것이다. '신의 뜻이 아니면 제아무리 하찮은 일도 네겐 일어나지 않느니라.'

나는 이러한 상념에 빠져 계속 길을 걸었다. 순간순간 내 마음은 밝게 개었나 싶다가 어두워지곤 했다. 우리가 아무리 마음 속 깊은 곳에서 안식과 평안을 발견했다 하더라도 이 성스러운 은둔 생활을 계속해 가는 것은 몹시 괴로운 일이다. 뿐만 아니라 우리들은 모처럼의 안식과 평안을 발견한 뒤에도 곧잘 많은 부분을 쉽게 잊어버리기 일쑤이며 안식과 평안으로 되돌아갈 길을 찾지 못할 때가 많기 때문이다.

몇 주일이 흘렀다. 그녀로부터는 아무런 소식이 없었다. '어쩌면 그녀는 이미 영원한 안식 속에 고요히 잠들어 있는지도 모른다.' 이것은 내 입가를 뱅뱅 돌며 아무리 떨쳐 버리려 해도 다시 되돌아오는 또 다른 노래가 되었다.

그것은 있을 수 있는 일이었다. 그 노의사의 진단으로는 그녀는 심장병을 수년간 앓고 있으며, 자기도 매일 아침 그녀에게 갈 때마다 이미 그녀가 이 세상을 떠났을지도 모른다는 각오를 하고 간다고 하지 않았는가.

그러나 만약 내가 그녀와 작별 인사도 못 하고, 그녀를 사랑한다는 말을 끝내 하지 못한 채 만약 그녀가 이 세상을 떠나 버린다면, 그녀를 그렇게 내버려 둔 나 자신을 과연 용납할 수 있을까? 나는 저승까지라도 그녀를 뒤쫓아가서, 그녀가 나를 사랑하고 있으며 나를 용서한다는 이야기를 듣지 않고는 견딜 수 없을 것이다. 아, 인간은 어찌하여 이토록 진지한 삶을 꾸려 가지 못하는 것일까. 하루하루가 마지막 날이 될 수도 있다는 것을 염두에 두지 않고, 또 잃어버린 시간은 곧 영원의 상실과 같다는 생각을 하지 못하고, 왜 이렇듯 자신이 행할 수 있는 최선의 일과 자기가 누릴 수 있는 최고의 아름다움을 하루하루 뒤로 미룬단 말인가.

그러자 내가 떠나기 전 마지막으로 만났을 때 노의사가 하던 말이 생생하게 떠올랐다. 내가 갑자기 여행을 떠나기로 결심한 것은 오직 노의사에게 나의 강함을 과시하려는 것이었으며, 그에게 나약한 모습을 보이기가 나로서는 더욱 괴로운 일이었기 때문이라는 생각이 들었다.

그제서야 모든 것을 깨닫게 되었다. 내게 주어진 의무는 지체없이 그녀에게 되돌아가 하늘이 우리에게 베풀어 주신 그 모든 것을 이겨 내는 것이라는 것을. 그러나 내가 돌아갈 작정을 했을 때 갑자기 '마리아도 가능한 한 빨리 시골로 요양을 떠나게 해야겠다'던 노의사의 말이 생각났다. 또한 그녀도 여름은 거의 대부분 자신의 성에서 보낸다고 말한 적이 있었다. 어쩌면 그녀는 지금 여기서 아주 가까운 성에 와 있는지도 모를 일이었다. 하루면 충분히 그녀에게 갈 수 있으리라. 이런 생각이 들자 나는 즉시 서둘러 길을 떠났다. 그리하여 새벽녘에 출발한 나는 마침내 그날 저녁때 그녀의 성문 앞에 도착했다.

유난히 조용하고 밝은 저녁이었다. 산봉우리들은 저녁놀을 받아 황금빛으로 반짝이고, 산 허리는 낙조로 물들어 있었다. 골짜기마다 회색 안개가 피어 올라 높은 지대에 이르면 갑자기 밝아졌다가는 구름 바다처럼 하늘로 굽이쳐 솟아올랐다. 이 모든 색깔의 변화는 잔잔하게 일렁이는 어두운 물 속에도 찬란히 투영되어 산줄기들이 호수의 기슭에서 오르락내리락 출렁이듯 솟아 있었다. 현실 세계와 수면의 반영을 구별해 주는 경계선은 다만 나뭇가지의 끝과 교회의 뾰족탑, 집집마다 피어 오르는 저녁 연기들뿐이었다.

그러나 나의 시선은 오직 한 곳으로만 향하고 있었다. 그곳에 가면 마리아를 만날 수 있으리라고 생각되는 낡은 성이었다. 그러나 창문에는 불켜진 곳이 한 곳도 보이지 않았고, 황혼의 정적을 깨뜨리는 발자국 소리조차 들려 오지 않았다. 혹시 내 예감이 빗나간 것은 아닐까? 나는 천천히 첫 번째 성문을 지나 계단을 올라 성의 앞뜰에 다다랐다. 거기서 나는 보초 한 사람이 왔다갔다하는 것을 보았다. 나는 급히 그 보초에게 달려가, 지금 성에 누가 와 있느냐고 물어 보았다.

"백작이신 공녀와 그 시종들이 있습니다."

보초는 짧게 대답했다. 나는 이미 현관으로 다가가 초인종을 눌렀다.

　그때서야 비로소 나는 정신이 들었다. 내가 지금 무슨 행동을 하고 있지! 이곳엔 나를 아는 사람이 아무도 없고, 게다가 내가 누구라고 밝힐 수도 없지 않은가. 또 나는 몇 주일 동안이나 산 속을 헤매고 다녀 거지같이 몰골이 초라했다. 뭐라고 말을 해야 할까? 또 누구를 찾아야 할까? 하지만 이런저런 생각을 할 틈도 없이 문이 곧 열리고 엄숙한 제복을 차려입은 문지기가 나와 이상스러운 눈으로 나를 쳐다보았다.

　나는 공녀 곁을 떠나지 않고 시중을 들겠다던 그 영국 부인이 지금도 성에 있느냐고 물었다. 문지기가 그렇다고 대답했다. 나는 종이와 펜을 달라고 하여 공녀께서 어떻게 지내시는지 궁금해서 내가 문안을 드리러 지금 여기 와 있노라는 편지를 썼다. 문지기는 한 시종을 불러 그 편지를 안으로 가지고 가게 했다. 나는 시종이 긴 복도를 뚜벅뚜벅 걷는 소리를 들었다. 그렇게 기다리는 순간이 지나갈수록 점점 나는 초조해서 견딜 수가 없었다.

　벽에는 후작 집안의 초상화들이 걸려 있었다. 무장을 한 기사들과 옛날 복장을 한 여인들의 초상화가 보였고, 그 한가운데에는 붉은 십자가를 가슴에 늘어뜨린 흰 수녀복 차림의 여인 초상화가 걸려 있었다. 나는 이런 초상화를 전에도 여러 번 본 적이 있었다. 그러나 초상화에서도 인간적인 감정이 맥박치고 있으리라고 생각해 본 적은 한 번도 없었다. 그런데 그때 갑자기 그들의 표정 속에서 책 안에 담겨진 수많은 의미를 읽을 수 있을 듯한 느낌이 들었다. 또한 그들 모두가 나를 향해, ‘우리도 한때 이 세상에 살아 있었고, 우리도 한때 괴로워했느니라’고 말하고 있는 듯한 느낌이 들었다. 액자 속 갑옷 기사의 마음에도 어느 때는 지금 내 가슴 속에 감추어져 있는 것과 같은 비밀들이 감추어져 있었으리라. 그리고 이 흰 수녀복과 붉은 십자가는, 지금 나의 가슴 속에서 벌어지는 것 같은 치열한 갈등이 그 주인공의 가슴 속에도 들끓었다는 생생한 증거가 아니겠는가. 그러자 그들 모두가 안 됐다는 시선으로 나를 쳐다보는 듯한 느낌이 들었다. 그러나 곧 그들의 얼굴에 다시 자만심이 떠오르며 '너는 우리의 동료가 아니야'라고 말하려는 것 같았다.

나는 점점 더 두려워졌다. 그때 갑자기 나직한 발소리가 들려서 나를 멍한 꿈에서 깨어나게 했다. 그 영국 부인이 계단을 내려와서 나를 어떤 방으로 안내했다. 나는 혹시나 이 영국 부인이 내 마음 속에서 벌어지는 모든 일을 눈치채고 있지나 않나 싶어 그녀의 표정을 살펴보았다. 그러나 그녀의 표정은 아주 담담했다. 조금도 관심을 보이거나 놀라는 표정이 없이 침착한 목소리로, 공녀께서는 훨씬 상태가 좋아져서 30분 뒤에 나를 만나겠다고 하신다고 전했다.

수영에 자신이 있는 사람은 바다 멀리까지 헤엄쳐 나가기를 겁내지 않는다. 팔에 힘이 빠지는 것을 느끼고 나서야 비로소 되돌아갈 생각을 한다. 그리고 아득히 멀리 있는 해안을 감히 바라볼 기운조차 없어 허겁지겁 파도를 탄다. 팔을 한 번 내저을 때마다 힘이 약해지는 것을 느끼면서도 그는 그 사실을 절대로 인정하려 들지 않는다. 마침내 그는 목표도 잃고 허우적거리며 자기의 처지를 의식할 힘조차 없는 지경에 이른다. 그즈음 갑자기 그의 발이 굳건한 땅을 딛게 되고 그의 팔은 해변에 있는 아무 바위나 붙들게 된다.

내가 그 영국 부인의 말을 들었을 때의 기분이 바로 그러했다. 새로운 현실이 내게 다가왔다. 지금까지의 괴로움은 이젠 한 가닥 꿈이었다. 이 같은 순간이란 인간의 생애에서 매우 드물다. 수많은 사람들이 이 같은 환희를 맛보지 못하고 죽어 간다. 그러나 난생 처음으로 자기의 자식을 품에 안아 보는 어머니, 공을 세우고 전쟁터에서 개선하는 외아들을 맞이하는 아버지, 자기 나라 국민들로부터 갈채를 받는 시인, 사랑하는 애인에게 따뜻한 악수를 청한 젊은이. 이런 사람들은 꿈이 현실로 다가서는 기분이 어떠한지를 알 것이다.

30분이 지났다. 그러자 한 시종이 나타나 나를 여러 개의 방들을 지나 어떤 방으로 이끌었다. 마침내 방문이 열리고 희미한 황혼빛 속에 한 창백한 모습이 보였다. 그녀의 머리 위로 난 높은 창문으로는 호수와 노을에 물든 산들이 보였다.

"참 이상스러운 만남이지요?"

그녀의 맑은 목소리가 내게 들려 왔다. 그 한 마디 한 마디는 마치 뜨거운 여름 땡볕 뒤에 내리는 한 줄기 시원한 빗줄기와도 같았다.

"이상스러운 만남이 있는가 하면 이상스러운 헤어짐도 있지요."

나는 그녀의 손을 잡으며 말했다. 그리하여 우리는 다시 만나 함께 있다는 사실을 실감했다.

"하지만 서로 헤어지게 되는 것은 사람들 자신의 탓이랍니다."

그녀가 말을 이었다. 말을 반주하는 듯한 그녀의 목소리는 마치 멜로디처럼 무의식중에 어느덧 부드러운 음조를 띠어 갔다.

"그래요. 그건 그렇습니다. 그런데 건강은 좀 어떤지요? 이렇게 앉아 나와 얘기를 나누어도 괜찮은가요?"

나는 걱정이 되어 물었다.

"사랑하는 친구여. 당신도 아다시피 그저 그래요. 내가 좀 몸이 나아졌다고 말하는 건 단지 노의사 선생님을 위해서예요. 사실 그분은 내가 이 세상에 태어나면서부터 지금까지 이렇게 살아 있는 것이 오로지 자신과 자신의 의술 때문이라고 굳게 믿고 계시거든요. 성을 떠나기 전에 나는 그분을 몹시 놀라게 해 드렸어요. 어느 날 저녁인가 내 심장의 고동이 별안간 멈추어 버렸거든요. 이제 다시는 심장이 뛰지 않을 것처럼 느껴졌을 정도로 나 자신도 무척 겁이 났었어요. 하지만 그건 다 지나간 애기니 그만두기로 해요. 다만 내가 오늘 밤에 왜 그런 얘기를 하는가 하면 한 가지 내 마음을 우울하게 하는 것이 있기 때문이에요. 나는 이제까지 언제이고 편안히 눈을 감을 수 있을 것이라고 믿어 왔지요. 그런데 지금은 내 병고가 이 세상과의 이별마저 아주 힘들게 할 거라 느껴져요."

그녀는 자기 가슴에 손을 얹으며 말을 계속했다.

"그런데 그 동안 어디에 가 계셨어요? 얘기 좀 해 주세요. 왜 그렇게 오래도록 소식이 없었나요? 의사 선생님은 당신이 갑자기 여행을 떠난 이유에 대해 이런저런 이유를 늘어놓으셨어요. 그래도 나는 그분 말을 못 믿겠다고 말했어요. 그랬더니 나중에는 황당한 이유를 대지 않겠어요? 어떤 이유였는지 한 번 맞혀 보세요."

"물론 황당한 이유로 보일 수도 있겠지요."

나는 그녀가 말을 하지 못하도록 얼른 가로막았다.

"하지만 그 이유는 아마도 진실이었을 겁니다. 물론 다 지나간 애기지만요. 이제 와서 그런 애기를 해서 무슨 소용이 있겠어요?"

"그렇지 않아요. 그게 어째서 지나간 애기인가요? 의사 선생님이 당신이 갑자기 여행을 떠난 이유를 말씀하셨을 때 나는 두 분 다 이해할 수 없다고 말했어요. 나는 외롭고 불쌍한 병자예요. 그러니 이 세상에서 누리는 나의 삶이란 서서히 죽어 가는 것에 불과할 뿐이에요. 만일 하늘이 나를 이해해 주거나 아니면 의사 선생님의 말대로 나를 사랑하는 사람 몇을 보내 주었다고 해도 어째서 그 관계가 나와 그들의 평화를 깨뜨리는 일이 되는 걸까요? 의사 선생님이 그런 말씀을 하실 때, 마침 나는 내가 가장 좋아하는 워즈워드의 시를 읽고 있던 중이었지요. 그래서 이렇게 말했어요.

'선생님, 우리들은 그토록 많은 생각을 갖고 있으면서도 그것을 표현할 적절한 말은 알지 못해요. 그렇기 때문에 말 한 마디 한 마디에 수많은 생각을 부여해서 써야 하지요. 혹시 우리를 잘 알지 못하는 사람이, 그 젊은 나의 친구가 나를 사랑한다거나 내가 그를 사랑한다는 소리를 듣는다고 해 보세요. 아마 로미오가 줄리엣을 사랑하고, 또 줄리엣이 로미오를 사랑하는 것과 마찬가지라고 말할는지도 모르겠어요. 그러나 우리 사랑이 정말로 그런 사랑이라면 의사 선생님께서는 저보고 그래서는 안 된다고 말씀하시겠지요? 그렇게 말씀하신다면 그건 아주 당연한 얘기가 되겠지요. 하지만 선생님, 선생님도 저를 사랑해 주시고, 저 역시도 선생님을 좋아하고 있어요. 오래 전부터 저는 선생님을 사랑했어요. 하지만 아마 한 번도 그런 얘기를 꺼낸 적은 없을 거예요. 하지만 그렇다고 해서 제가 절망하거나 불행하게 여긴 적은 한 번도 없어요.

그래요, 선생님. 한 가지만 더 얘기해야겠어요. 선생님께서는 제게 불행한 사랑을 느끼고 계신 것만 같아요. 그래서 나의 친구를 질투하고 있는 게 아닐까요? 선생님께서는 매일 아침 어김없이 찾아오셔서 내가 기분이 좋은 것을 알면서도 어떠냐고 묻곤 하시지요? 또 선생님 정원에 핀 예쁜 꽃도 꺾어다 주시구요. 내 사진도 달라고 하셨지요? 그리고 어쩌면 이 말은 안 하는 게 좋을지도 모르지만, 지난 일요일, 내 방에 들어오셨을 때 내가 자고 있는 걸로 생각하셨겠지요? 하지만 사실은 잠을 잔 게 아니라 꼼짝 않고 있었던 것뿐이에요. 선생님께서는 한참 동안 내 침대 곁에 앉아서 꼼짝하지 않고 나를 바라보고 계셨지요. 나는 선생님의 그 눈길을 마치 내 얼굴에 닿아 어른거리는 햇빛처럼 느꼈었지요. 그런데 이윽고 선생님의 두 눈이 흐려졌어요. 그리고 그 눈에서 눈물 방울이 떨어지는 것을 느꼈지요. 선생님은 두 손으로 얼굴을 가리고 큰 소리로 흐느껴 울면서 마리아, 마리아! 하고 부르셨어요. 아, 선생님, 내 친구는 내게 그런 적이 없어요. 그런데도 선생님은 그를 멀리 떠나게 하셨어요.'

나는 늘 하는 식으로 농담 반 진담 반으로 그런 얘기를 선생님께 했어요. 그러나 나는 이 말이 의사 선생님의 마음을 몹시 괴롭혔음을 곧 깨달았어요. 선생님은 입을 꼭 다문 채 어린아이처럼 부끄러워하셨어요. 때마침 나는 읽고 있던 워즈워드[1] 시집을 집어들며 말했지요.

'여기 내가 사랑하는, 진심으로 사랑하는 노인이 또 한 분 있답니다. 물론 이분은 나를 이해하고 나 또한 그분을 이해해요. 하지만 우리는 지금껏 만난 적도 없고 앞으로도 결코 만나지 못할 거예요. 워즈워드의 시 한 편을 읽어 드리고 싶어요. 이 시를 들으시면 어떻게 사랑할 수 있는지, 사랑이란 사랑하는 남자가 사랑하는 여인의 머리 위에 조용히 씌워 주는 성스러운 축복의 관이라는 것을 아시게 될 거예요. 그리고 사랑하는 사람은 축복에 찬 슬픔을 가슴에 안은 채 자신의 길을 떠나가는 것이랍니다.'

그리고 나서 나는 의사 선생님께 워즈워드의 시 〈산 속의 소녀〉를 읽어 드렸어요. 자, 저 램프를 좀 가까이 끌어놓고 내게 이 시를 다시 한 번 읽어 주세요. 이 시를 들을 때면 기분이 상쾌해지거든요. 이 시 속에는 눈 덮인 산 같은 순결한 가슴에 사랑과 축복의 손을 내미는 것 같은 정신이 서려 있답니다."

---

1) 워즈워드(William Wordsworth ; 1770~1850) — 영국의 계관 시인.

그녀의 말이 서서히 내 영혼 속으로 울려 퍼지는 것을 듣고 내 가슴도 마침내 평온과 질서를 되찾았다. 폭풍은 지나갔다. 그녀의 모습은 은빛 달그림자처럼 내 사랑의 파도 위로 잔잔히 물결쳤다. 그러나 사랑의 물결은 모든 인간의 심장을 타고 흐르는 바다의 조류와 같은 것이다. 사람들은 저마다 그것을 자신의 사랑이라 부른다. 그러나 사실은 전인류의 혈관 속에 고동치는 생명을 주는 맥박에 불과하다. 창 밖에는 점차 정적과 어둠이 깃드는 대자연이 우리의 눈앞에 펼쳐져 있었다. 나는 그 대자연처럼 차라리 침묵을 지키고 싶었다. 그러나 그녀가 건네는 책을 받아 시를 읽어 내려갔다.

산 속의 소녀

사랑스런 산 속의 소녀야,
그대의 보물은 봇물처럼 넘치는 아름다움.
일곱 갑절한 세월은
그것이 베풀 수 있는 가장 풍요로운 선물을 그대의 머리에 씌웠네.
여기엔 회색 바위들, 저기엔 휴식의 풀밭,
면사포를 막 반쯤 벗은 듯한 저 나무들,
잔잔한 호숫가에서
소곤소곤 속삭이듯 쏟아지는 폭포수,
이 자그마한 계곡, 네 안식처를
감싸 주는 저 고요한 산길,
실로 너희들은 아름다운 꿈이

어우러져 엮어 낸 마술인가.
세속의 번뇌가 잠들 때면,
은밀하게 살그머니 얼굴을 내미는 형상들이여!
그대, 오, 아름다운 소녀여!
매일매일의 생활 속에서도 천사처럼 밝은,
비록 덧없는 환상에 지나지 않을지라도
나 그대 마음 속 깊이 축복해 주마.
마지막 날까지 그대 곁에 신의 가호 있기를!
내 그대 모르고, 그대의 이웃 또한 그대 모르나
내 눈에 눈물 가득 고이누나.

그대와 멀리 떨어져 있어도
나 그대 위해 뜨거운 마음으로 기도하리라.
그토록 맑고 깨끗한 얼굴은
나를 즐거움으로 충만케 하네.

자연스러움과 정숙함이
순결함 속에서 꽃을 피우고 성숙하는 것을 보았네.
그대는 바람결에 실려 온 씨앗처럼
인적 드문 산골에 사는 소녀,
그런 네게 놀라는 표정이며
소녀스런 수줍음이 무슨 필요가 있으랴.
그대의 이마에는
산 사람의 자유로움이
투명하게 깃들어 있다.

기쁨에 넘친 그 얼굴!
소박한 마음씨에서 우러나는 포근한 미소!
그대 인사하는 정숙한 몸가짐은
그대 몸 주위에서 풍기어 오고
어찌할 수 없는 단 한 가지 속박은
말 못 할 안타까움으로 나타나노니
감추어진 열정 숨길 길 없어라.
기꺼이 견디어 낸 속박의 매력이여!
그대 태도에 우아함과 생기를 주는 투쟁!
바람을 좋아하는 새 떼들이
헛되이 폭풍우와 싸우듯
그렇게 맞바람을 치며 오르는 거다.

이토록 아름다운 그대를 위해
꽃다발 바치고 싶지 않은 사람 어디 있으랴!
오, 가이없는 기쁨이여!
꽃 향기 가득한 골짜기에서 그대와 함께 살아
그대처럼 생각하고 행동하는
나는 양치기, 너는 양치는 소녀!
그대 위해 한 가지 소망 이루고 싶다.
그대는 지금 내게 있어 거친 바다의
한 줄기 파도, 나 그 이상이 되고파.
그대와 그 무슨 인연이라고 맺고 싶구나.
평범한 이웃 사람의 정이라 할지라도
그대 목소리 듣고 그대 바라볼 수만 있다면

내겐 더 없이 큰 기쁨이어라.
그대 위해 세상의 그 무엇이라도 되리라.

나는 신에게 감사할 따름이다. 이 골짜기로
나를 이끌어 준 그 은총을.
그것은 내게는 가득 찬 즐거움,
나 이제 풍성한 대접받고 떠나려 하네.
이 고요한 땅에 와서 추억의 소중함을 배우고
영원을 꿰뚫어보는 눈을 가졌으니
내 어찌 이별을 슬퍼하리.
이 마을을 소녀의 집으로 정하심은
그분의 뜻이 아닐까.
그대가 완전한 삶을 얻는다면
나 기꺼이 흐뭇한 마음으로 그대의 곁을 떠나리라.
아름다운 산 속의 소녀야,
언젠가 나 늙어서도
초록에 묻힌 저 오두막이나
호수나 시냇물이나 물보라치는 폭포나
그 모든 것에 깃들인 그대의 아름다운 마음처럼
변함 없이 아름다우리라는 것을 알고 있기에!

Das Hochlandmädchen

Du süßes Hochlandmädchen! Eine Flut

Von Schönheit ist dein ird'scher Schatz, dein Gut!
Auf dein Haupt legten zweimal sieben Lenze
Mit Freuden ihrer Gaben reichste Kränze;
Die grauen Felsen hier, das piäzchenda,
Die Bäume dort, ein Schleier halbgezogen,
Und jener Wasserfall, der murmelt nah
Beim stillen See, den trüben keine Wogen;
Die Kleine Bucht, und jener Weg dazu,
Der deinen Hort beschirmt mit seiner Ruh' ——
Ihr scheint in Wahrheit mir als ob
Ein schöner Traum euch zaubrisch Wob,
Gestalten, die sich im Verborgnen regen,
Wenn Erdensorgen sich zum Schlafen legen.
Doch dich, o schönes Wesen! selbst im Schein
Des Alltagslebens himmlisch licht und rein,
Dich, flücht' ges Traumbild einer stillen Stunde,
Dich segne ich aus Menschenherzens Grunde!
Gott Schütze dich, bis du dich einst mußt trennen,
Dich kenn' ich nicht, noch jene, die dich kennen,
Und fühle Tränen doch im Auge brennen.

Ich werde beten warm und ernst für dich,
Wenn ich dir ferne bin; denn nie fand ich
Ein Antlitz noch, in dessen klaren Zügen,
Ich Herzensgüte fröhliches Genügen,

Nagtürlichkeit und Zucht so rein wie da
In vollster Unschuld blühn und reifen sah.
Wie ein verwehtes Saatkorn hergestreut,
Den Menschen ferne, brauchst du nicht geschickt
Es nachzuahmen wie ein Mädchen scheut
Und bald verlegen, bald erschrocken blickt;
Auf deiner klaren Stirne thront
Die Freiheit, die in Bergen wohnt;
Ein Angesicht, mit Freude übergossen;
Ein Lächeln, der Gutherzigkeit entsprossen!
Und so vollkomner Anstand, wie er neigt
In deinep Grüßen sich, spielt um dich her!
Da ist kein andrer Zwang, als der sich zeigt,
Wenn schnell und heftig ein Gedankenheer
Aufblitzt in dir, das deine Sprache dann,
Zu arm an Worten, nicht mehr fassen kann:
Ein süß ertragner Zwang! Reizvolles Streben,
Das Anmut den Gebärden leiht und Leben!
So bin ich oft nicht ungerührt gebliebea,
Wenn Vogel, die das Windestoesen lieben,
Vergeblich Kämpfend vor dem Sturme trieben.

Wo ist die Hand wohl, die nicht möchte weihn.
Den Blumenkranz dir, die so schön und rein?

O schönes Glück! zu atmen eine Luft
Mit dir im Tal voll Heidekraut und Duft,
Zu tun wie du, zu haben deinen Sinn,
Ein Schäfer ich, du eine Schäferin!
Doch möcht' ein Wunsch in meiner Brust sich regen,
Der ernstrer Wirklichkeit mich führt entgegen:
Nur eine Welle auf dem wilden Meer
Bist du mir jetzt, und mich verlangt nach mehr:
Ich möchte Anspruch auf dich machen können,
Und wär's nur der, den Nachbarschaften gonnen.
Dich hören, sehn——welch Freude wäre mein!
Nur etwas auf der Welt möcht' ich die sein!

Num sei dem Himmel Dank, der voller Gnade
In dieses Tal gelenkt hat meine Pfade:
Viel Freude ward mir, und ich trage fort
Mir reichen Lohn aus diesem stillen Ort.
Hier lernt man der Erinnrung Wert verstehn
Und daß sie Augen hat, die ewig sehn!
Warum denn sollt' ich trennen mich so schwer?
Ich fühl's, der Ort ward ihr bestimmt, daßer
Mit neuem Glücke, dem gleich das vergangen,

Ihr ganzes Leben lang sie mög' umfangen.
So scheid' ich, Voll das Herz, doch ohne Klagen,

Du sü*es Hochland mäd chen! nun von dir;

Denn das wei*ich: ich seh' in alten Tagen

Noch ganz so schön, wie jetzt ich's tu', vor mir

Die kleine Hütte, die das Grün umschlingt,

Den See, die Bucht, den Vasserfall, der springt,

Und dich, den Geist, der alles dies durchdringt!

나는 읽기를 마쳤다. 그 시는 바로 얼마 전 내가 숲 속을 방황할 때 커다란 나뭇잎으로 떠서 목을 축였던 시원한 샘물처럼 느껴졌다.

그때 나는 그녀의 부드러운 목소리를 듣고 정신을 차렸다. 그 목소리는 꿈을 꾸는 듯한 기도에 몰두한 우리를 깨워 주는 오르간의 첫음처럼 들려 왔다.

"바로 이 시에 그려진 것처럼 당신이 나를 사랑해 주기를 바랐어요. 의사 선생님도요. 이렇게 우리들은 서로 사랑하고 서로 믿을 수 있어야 해요. 그런데 이 세상은, 물론 나는 세상을 잘 모릅니다만, 이런 사랑과 이런 믿음을 이해해 주지 않는 것 같아요. 우리가 얼마든지 행복하게 살아갈 수도 있을 이 세상을 사람들이 몹시 우울한 곳으로 만들어 버린 거예요.

하지만 옛날에는 우울하지만은 않았던 것 같아요. 그렇지 않았더라면 호머가 어떻게 나우지카 같은 사랑스럽고 건강하며 다정한 여인을 그려 낼 수 있었겠어요? 나우지카는 첫눈에 오딧세이와 사랑에 빠졌어요. 그래서 친구들에게 사랑에 빠진 심정을 말하지요.

'저런 분이 내 남편이 되어 내 곁에 머물러 주면 얼마나 좋을까?' 라고요. 그러면서도 그녀는 오딧세이와 당장 사람들 앞에 나타나는 것이 부끄러워 이렇게 말했어요. '당신처럼 늠름하고 훌륭한 사람을

집으로 데려가면 사람들은 모두들 남편을 데려왔다고 말할 거예요.'
이 모든 행동이 얼마나 아름답고 솔직한가요. 하지만 오딧세이가 처
자가 있는 고향으로 돌아가고 싶다고 말했을 때, 나우지카는 한 마
디 불평도 하지 않고 스스로 그의 눈앞에서 자취를 감추어 버렸어요.
아마도 그녀는 그 늠름하고 훌륭한 남자의 모습을 조용하고 즐겁게
찬미하며 오래오래 가슴에 새겼을 거예요. 그걸 느낄 수 있어요.
　그런데 왜 요즘 시인들은 이런 사랑을 모를까요? 이처럼 기쁨에
찬 고백과 그런 조용한 이별을! 현대의 시인이라면 나우지카를 여성
적인 베르테르로 만들어 버렸겠지요. 왜냐하면 사랑이 결혼의 희극
이나 비극으로 이르는 하나의 전주곡에 불과하기 때문이랍니다. 그
럼 다른 종류의 사랑은 과연 없는 걸까요? 사람들은 단지 취하게만
하는 사랑이란 이름의 묘약만 알 뿐, 순수한 사랑의 샘물을 모르는
걸까요?"
　이 말을 듣고 있노라니 그 영국 시인이 한탄하던 시구가 떠올랐
다.

만일 이 믿음이 하늘로부터 온 것이라면
만일 그것이 자연의 거룩한 섭리라면
인간이 인간으로 무엇을 만들든
슬퍼할 아무 이유가 없으리.

From heaven if this belief be sent,
If such be nature's holy plan,
Have I not reason to lament
What man made of man?

"시인들은 얼마나 행복할까요? 시인들의 언어는 수많은 사람들이 침묵하고 있는 감정을 형상화해 냅니다. 또한 그들의 노래는 가끔 달콤한 비밀의 고백으로 이끌지요! 시인의 심장은 가난한 사람의 가슴 속에서도, 부자의 가슴 속에서도 맥박칩니다. 행복한 사람들은 시인과 함께 노래하고, 슬픈 사람들은 시인과 함께 눈물짓지요.

그래서 워즈워드는 그 어떤 시인보다도 내 마음에 들어요. 하지만 내가 아는 사람 가운데는 그의 시를 좋아하지 않는 사람도 많아요. 심지어 그들은 워즈워드가 시인이 아니라고까지 말합니다. 그러나 워즈워드는 상투적인 시어를 거부하고, 과장법과 이른바 시적 감흥이라고 불리는 그 모든 것을 피합니다. 바로 그런 요소들 때문에 나는 이 시인을 좋아합니다. 그 대신 그는 진실을 말합니다. 그리고 진실이라는 이 한 마디 말 속에 그를 설명하는 모든 것이 다 들어 있어요. 그는 우리들로 하여금 초원에 핀 들국화처럼 우리의 발 밑에 놓인 아름다움에 대해 눈을 뜨게 한답니다. 그는 모든 것을 있는 그대로 솔직하게 부르지요. 누구도 놀라게 하거나 현혹시키려 하지 않아요. 사람들에게 찬탄을 들으려고 하지도 않습니다. 그는 단지 인간의 손에 의해 꺾이거나 쥐어지지 않는 그 모든 것들이 얼마나 아름다운가를 우리들에게 보여 주려고 합니다.

풀잎에 맺힌 이슬 방울이 금 속에 박힌 진주보다 더 아름다운 것이 아닐까요? 어느 곳에서부터인지 모르게 졸졸 흘러 나오는, 근원을 알 수 없는 맑은 샘물이 베르사유 궁전에 만들어진 인공 분수보다 훨씬 더 신기하지 않은가요? 이 시인의 〈산 속의 소녀〉가 괴테의 헬레나나 바이런의 하이디보다 더 사랑스럽고 참된 아름다움을 노래하고 있는 건 아닐까요? 게다가 쉽게 가까워질 수 있는 시어와 순수한 것들을 생각해 보세요.

우리 나라에 이 같은 시인이 없었다는 게 얼마나 애석한 일인가요! 만약에 실러가 고대 그리스 사람들이나 로마 사람들에게 의지하지 않고 자기 자신을 좀더 믿었다면 워즈워드와 유사한 시인이 되었을는지도 모르죠. 만약 뤼케르트가 가엾은 조국을 버리고 《동방의 장미꽃》에서 고향과 위안을 구하려고 하지만 않았더라면 아마 워즈워드에 가장 가까운 시인이 되었을 거예요.

있는 그대로의 자기 자신을 살려 나갈 만한 용기를 지닌 시인은 좀처럼 찾기 힘듭니다. 하지만 워즈워드에게는 그런 용기가 있었지요. 대체로 우리들이 위대한 사람들의 말에 귀기울이는 것은 그들이 보통 사람일 때 자기의 사상을 참을성 있게 길러 마음의 눈이 열리고 새로운 시야가 트이는 과정에서 나타난 말이기 때문입니다. 그렇듯이 워즈워드의 시는 누구나가 말할 수 있는 것을 노래하고 있지만, 바로 그래서 나는 그를 좋아합니다. 대체로 위대한 시인들은 침착성을 절대로 잃지 않는 법이죠. 호머의 작품을 읽어 보면, 그다지 아름답지도 않은 시구가 수백 연이나 계속되기도 합니다. 단테의 시 역시 마찬가지예요. 반면에 핀다르[2] 같은 시인은 비록 많은 사람들에게 찬사를 받지만, 지나치게 열광적인 시적 문구에 오히려 나는 진력이 나고 말았어요.

단지 여름 한때만이라도 워즈워드의 시에 그려진 레이크 지방의 호숫가에서 지낼 수 있다면 얼마나 좋겠어요. 워즈워드와 함께 그가 읊은 곳을 일일이 찾아다니며 시로 읊음으로써 도끼로 잘리는 것을 구해 준 모든 나무들에게 인사를 하고 싶어요. 단 한 번만이라도 그가 그려 냈던, 아마 터너[3]라면 그림으로 표현해 냈을 거예요. 석양

---

2) 핀다르(Pindar) — 고대 희랍 시인.

이 지는 풍경을 시인과 함께 바라볼 수 있다면 얼마나 즐거울까요?"

그녀의 말투는 좀 특이했다. 그녀는 대개의 사람들처럼 말꼬리를 내리는 것이 아니라 반대로 올려서 언제나 의문문으로 끝을 맺었다. 그 가락은 마치 어린아이가 '아빠, 그렇지 않아요?' 라고 말하는 것처럼 들렸다. 이런 그녀의 말투는 부탁하는 듯한 어조여서 상대방으로서는 감히 반대의 말을 하기가 무척 어려웠다.

나도 그녀의 말을 받아 이었다.

"워즈워드는 나도 좋아하는 시인입니다. 인간적이어서 그를 더욱 좋아하지요. 힘들이지 않고 오른 조그마한 언덕이 애써 오른 몽블랑보다 더 아름답고 완전하며 신선한 감동을 보여 줄 때가 있다고들 흔히 말합니다. 그렇듯이 워즈워드의 시는 내게 바로 그런 경우라 할 수 있지요. 처음에는 그의 시가 너무 평범해 보였지요. 그래서 그의 시를 읽다 가끔 그만두었고, 왜 영국의 지식인들이 그를 그렇게 칭찬하는지 의아해하기도 했답니다.

하지만 어떤 언어로 시를 썼든 그 나라 국민이나 그 민족의 정신적인 귀족층이 그토록 인정하는 시인이라면 그 시는 우리도 감상할 만한 가치가 있는 시일 거라는 확신을 갖게 되었습니다. 찬미 또한 우리가 배워야 할 하나의 예술이지요. 많은 독일인들은 라신[4]이 마음에 안 든다고 말합니다. 또 영국인들은 도대체 괴테를 이해할 수 없다고 말하며, 프랑스 인들은 셰익스피어가 농사꾼에 불과하다고 말합니다. 이런 말들은 대체 무엇을 의미할까요? 그것은 이를테면 어린아이가 자기는 베토벤의 교향곡보다 왈츠곡을 더 좋아한다고

---

3) 터너(G.M. William Turner ; 1775~1851) — 영국의 화가. 풍경과 바다를 주로 그렸으며, 후기에는 어른거리는 색채를 주로 썼다.

4) 라신(Jean Racine ; 1639~1699) — 프랑스의 고전 비극의 완성을 이룬 극작가.

말하는 것과 조금도 다르지 않습니다.

어느 나라 국민이든 자기 나라의 위대한 인물들에 대해 어떠한 점을 찬미하고 있는지를 밝히고 그것을 이해하는 것은 일종의 예술입니다. 그리고 만일 아름다움을 찾고자 하는 사람이라면 결국 그것을 찾게 됩니다. 페르시아 사람들 같으면 그들의 하피즈[5]에게서, 또 인도 사람들이라면 칼리다사[6]에게서 어느 정도의 만족감을 얻고 있는 것이 기대를 완전히 잘못 품은 것은 아니라는 점을 발견하고 인정하게 될 겁니다. 위대한 인물이란 이해할 수 있는 존재는 아니지요. 위대한 인물을 이해하려면 정력과 용기와 인내가 요구됩니다. 첫눈에 마음에 든 것은 이상스럽게도 대체로 오래 가지 않는 법이지요."

"그렇기는 해도."

그녀가 내 말을 가로막았다.

"페르시아 인이든 인도인이든 기독교인이든 이교도이든 또는 로마 인이든 혹은 게르만 인이든 간에, 지상의 모든 위대한 시인, 참된 예술가와 영웅들한테는 공통된 점이 있답니다. 그것은 뭐라고 말로 표현해야 좋을지 모르겠지만, 아무튼 그런 사람들이 공유하고 있는 것은 무언가 그들의 내면에 감추어진 무한한 것, 영원한 것을 꿰뚫어보는 눈, 하찮은 것과 덧없는 것을 신적인 것으로 만드는 힘 같은 것이에요. 저 위대한 이교도 시인인 괴테도 '하늘로부터 내려진 그 감미로운 평화'를 알고 있었어요.

---

5) 하피즈(Hafis ; 1326~1389) — 페르시아의 시인으로 자연의 아름다움을 찬양하는 시를 주로 썼다. 뤼케르트가 그의 모작시를 발표하기도 했다.
6) 칼리다사(Kalidasa) — 5세기경 인도의 최고 시인, 극작가.

산봉우리마다
고요한 휴식 깃들었고
미풍 한 점
없는
나뭇가지들.
숲 속 새들도 노래를 멈췄다.
기다리라, 그대 역시
쉬게 되리니.

über allen Gipfeln
Ist Ruh;
In allen wipfeln
Spürest du
Kaum einen Hauch;
Die Vögelein schweigen im Walde
Warte nur, balde
Ruhest du auch!

괴테가 이렇게 노래할 때 높다란 전나무 가지 위로 무한한 세계
가, 이 지상에서는 존재할 수 없을 것 같은 평화가 펼쳐지는 것 같지
않아요? 워즈워드의 경우에는 언제나 이 같은 배경이 마련되어 있지
요. 사람들이 그에게 뭐라고 조소를 보내든간에, 어쨌든 우리 눈에는
보이지 않지만, 인간의 마음을 강하게 끌어당기고 깊이 감동시키는
것은 그것이 설령 겉으로 드러나지는 않을지라도 지상의 세계를 넘
어서는 그 무엇입니다. 미켈란젤로 이상으로 지상의 아름다움을 더

잘 이해했던 사람이 또 어디 있겠어요? 그가 그럴 수 있었던 것은, 그에겐 지상적인 아름다움이 곧 초지상적인 아름다움의 반영이었기 때문이랍니다. 그가 쓴 소네트를 당신도 알지요?

소네트

아름다움이 나로 하여금 하늘을 향하게 한다.
(이 세상에 내 마음에 드는 것이 아름다움 말고 또 무엇이 있으리.)
나는 산 채로 영혼들의 전당으로 들어선다.
지상에서는 이 얼마나 누리기 어려운 축복이랴!

작품 안에 창조주 머물러
나 작품의 영감을 얻어 창조주를 향한 순례의 길을 떠난다.
아름다움에 취한 내 마음을 사로잡는
온갖 상념들을 형태로 만들기 위하여.

저 아름다운 눈 그윽히 바라보며
눈 돌리지 못함은
신의 낙원으로 가는 길을 비추는 그 빛이
그 눈에 깃들어 있기 때문임을.

그 눈빛에 내 가슴 불타오르면
내 거룩한 불꽃 속에는

하늘을 지배하는 온화한 기쁨이 찬연히 빛난다.

sonett

Die Schonheit treibt dem Himmel mich entgegen
(Nichts andres hat die Welt, das mir gefalle).
So tret' ich lebend in die Geisterhalle,——
Den Sterblichen wird selten solcher Segen!

Im Werke isst der Schoptert, zu gelegen,
Daβich, durch es begeistert, zu ihm walle,
Wo ich nur forme die Gedanken alle,
Die mir das schoheittrubkne herz beergen.

So weiβ, daβ, kann ich den Blick nicht trennen
Von schonen Augen, Jenes Licht drin wohnt
Das zegt den Weg zum gottlichen Gefilde;

Und fühls ihrem Glanz ich mich entbrennen,
So strahlt in meinem delen Feuer milde
Die Freude wider, die im Himmel thronet.

그녀는 피곤한지 입을 다물었다. 내 어찌 이 침묵을 깰 수 있겠는가.

　서로의 마음을 터놓고 서로의 의견을 주고받은 뒤 만족하여 입을 다문 상태를 우리는 천사가 하늘을 나는[7] 날개 소리를 듣는 듯한 기분이었다고 표현한다. 사실 나는 평화와 사랑의 천사가 날개짓을 치는 소리가 머리 위에서 희미하게 들리는 것 같았다. 그녀의 사랑스런 모습은 여름 밤의 어렴풋한 빛 속에서 빛나는 천사의 모습처럼 느껴졌다. 다만 내 손에 잡혀 있는 그녀의 손만이 현실적인 존재인 것 같았다.

　그때 한 줄기 환한 빛이 그녀의 얼굴 위로 비쳤다. 그녀도 빛을 느낀 듯 눈을 떠 나를 바라보았다. 속눈썹이 면사포처럼 드리워진 신비스런 눈빛이 번개처럼 번쩍 빛났다. 나는 사방을 둘러보았다. 마침 만월이 두 언덕 사이에서 성을 향해 떠올라 호수와 온 마을을 다정한 미소로써 밝혀 주고 있었다. 나는 일찍이 그토록 아름다운 자연, 그토록 아름다운 그녀의 얼굴을 본 적이 없었다. 이토록 성스러운 평화가 내 마음에 가득 찬 적이 없었다.

　침묵을 깨고 내가 말했다.

　"마리아. 이처럼 내 마음이 깨끗해진 순간에 사랑을 고백하도록 해 줘요. 우리가 초지상적인 것을 이처럼 가까이 한껏 느끼고 있는 이 순간에 우리 두 사람이 다시는 헤어지지 않도록 영혼의 결합을 이룹시다. 사랑이 뭔지 잘은 모르나 마리아, 나는 당신을 사랑합니다. 그리고 느끼고 있습니다. 마리아, 당신은 나의 것이라는 것을. 왜냐하면 나 또한 당신의 것이기 때문입니다."

　나는 그녀 앞에 무릎을 꿇었다. 하지만 감히 그녀의 눈을 쳐다볼 엄두를 못 냈다. 다만 나는 그녀의 손에 살그머니 입맞추었다. 그러

---

7) 천사가 하늘을 나는 ~ ― 갑자기 이야기가 중단된다는 뜻의 독일어 관용구.

자 그녀는 처음에는 주저하는 듯하더니 마침내 손을 뺐다. 내가 고개를 들어 쳐다보았을 때 그녀의 얼굴에는 고통스러운 표정이 서려 있었다. 그녀는 한동안 말이 없다가 이윽고 깊은 한숨을 쉰 뒤 몸을 일으키고는 입을 열었다.

"오늘은 이만 됐어요. 당신은 내 마음을 아프게 하는군요. 하지만 그건 내 탓이지요. 창문을 닫아 주세요. 낯선 사람의 손이 내 몸을 스치는 듯 소름이 끼치는군요. 내 곁에 있어 주세요. 아니, 돌아가셔야 해요. 안녕히 가세요. 신의 평화가 우리와 함께 하기를 기도 드리세요. 우리 또 만나요. 내일 저녁에 기다릴게요."

아, 그 천국과 같은 편안함이 갑자기 어디로 사라진 것일까? 나는 그녀가 괴로워하는 모습을 보았다. 내가 할 수 있는 것이라고는 빨리 그 자리를 떠나는 것뿐이었다. 영국 부인을 불러 말한 뒤 나는 어두운 마을 길을 홀로 쓸쓸히 걸어갔다. 한동안 호숫가를 서성거리며 방금 전까지만 해도 그녀와 함께 있었던 불 켜진 창문을 바라보았다. 그러나 마침내 창문의 마지막 불빛도 꺼졌다. 달이 점점 높이 솟아오르자 마술처럼 뾰족탑과 지붕밑 방의 창문, 낡은 성벽의 장식들이 윤곽을 드러냈다. 나는 고요한 밤의 정적 속에 우두커니 홀로 서 있었다. 머릿속이 텅 비어 생각하는 기능을 상실한 것만 같았다. 아무런 생각도 떠오르지 않았다. 오직 이 세상에 나 혼자라는 것, 나를 상대해 줄 사람이 아무도 없다는 것을 느낄 뿐이었다. 대지는 마치 관처럼 보였고, 어두운 하늘은 관을 덮는 보자기 같았다. 나 자신은 과연 살아 있는지 죽었는지 도무지 분간할 수가 없었다.

그때 별안간 별들을 바라보았다. 별들은 빛을 발하며 차분히 자기 궤도를 돌고 있었다. 그 별들은 인간을 비춰 주고 위로해 주기 위해서만 존재하는 것 같았다. 그때 뜻밖에도 어두운 하늘에 떠 있는 두

개의 별을 생각했다. 그러자 나도 모르게 감사의 기도가 내 마음 속 깊은 곳으로부터 흘러 나왔다. 내 수호 천사의 사랑에 대한 감사의 기도였다.

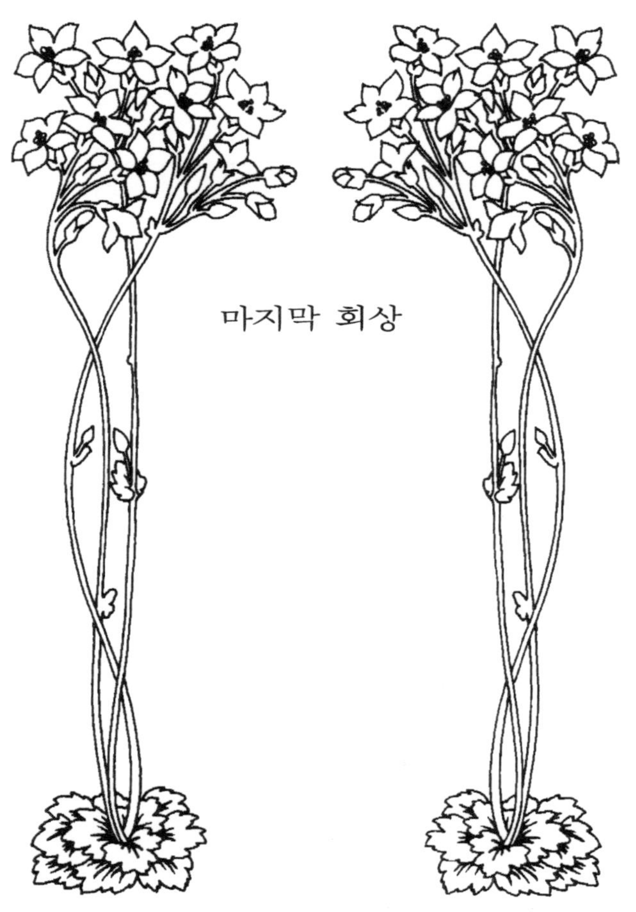
마지막 회상

하지만 그녀에 대한 나의 사랑은 아직 그대로 남아 있다.
눈물 한 방울이 대양에 떨어져 합쳐지듯이 그녀에 대한 사랑은
이제 살아 있는 인류라는 대해에 떨어져 합류하며,
어린 시절부터 내가 사랑했던
수백만 '남'의 마음에 스며들어 그들을 에워쌌다.

마지막 회상

　내가 잠에서 깨어났을 때는 벌써 산꼭대기까지 떠오른 해가 창문을 통해 내 방 안을 비추고 있었다. 이 태양이 과연 어제의 그 태양이란 말인가? 이별하는 친구처럼 서운한 눈빛으로 우리 영혼의 결합을 축복하듯 조용히 바라보다가 사라져 간 바로 그 태양이란 말인가. 지금 태양은 우리의 축제에 행운을 빌어 주려고 방으로 마구 뛰어드는 어린아이처럼 나를 비추어 주지 않는가!

　불과 몇 시간 전만 해도 몸과 마음이 모두 산산조각나 침대에 쓰러져 누웠던 바로 나란 말인가! 지금의 나는 생의 의욕을 다시 느끼고 신과 나 자신에 대한 신뢰감을 다시 찾았다. 이 신념이 신선한 아침 공기처럼 생기와 활력을 불어넣어 주었다.

　만약 잠을 자지 못한다면 인간은 어떻게 되었을까? 밤마다 찾아오는 이 사자가 우리들을 어디로 데려가는지 우리는 모른다. 그리고 밤마다 우리들의 눈을 감기면서 밤의 사자가 아침이면 우리 눈을 다시 뜨게 해 주리라고, 우리를 우리 자신에게로 되돌려 주리라고 그 누가 보장할 수 있단 말인가? 태초의 인간이 이 낯모를 친구에게 처음으로 자신을 맡겼을 때는 아마도 용기와 믿음이 필요했으리라. 우리 인간의 본성에 우리들이 당연히 믿어야 한다고 생각되는 것들에 대해 믿음과 헌신을 강요하는 무언가가 없다고 한다면 아무리 피로하다 하더라도 스스로 눈을 감거나 이 낯선 꿈나라로 발을 들여놓는 사람은 아무도 없을 것이다.

우리의 나약함과 피로감은 우리들로 하여금 보다 높은 힘에 대한 신뢰감과 우주의 조화로운 질서에 기꺼이 복종할 용기를 준다. 우리들은 깨어 있든 잠들어 있든, 비록 짧은 시간일지라도 세속적인 우리의 자아에다 영원한 자아를 묶어 놓는 사슬을 풀어 놓았을 때, 우리는 힘과 원기를 되찾은 느낌을 갖는다.

어제의 도망치던 저녁 안개처럼 내 머리를 어렴풋이 스치고 지나간 일들이 갑자기 생생하게 떠올랐다. 그녀와 나는 서로에게 속해 있다고 느꼈다. 오빠와 누이동생처럼이든, 아버지와 자식처럼이든, 아니면 약혼한 남녀 사이처럼. 어쨌든 우리는 현재나 미래에나 영원히 함께 있어야 하는 관계였다. 우리는 더듬거리는 말로써 사랑이라고 부르는 그것의 올바른 이름을 찾아 내는 일이 중요할 뿐이다.

그대의 오빠라도 좋고
그대의 아버지라도 좋다.
아니, 그대를 위해서라면 세상의 무엇이라도 되고 싶다.

바로 이 '무엇'에 대한 올바른 이름을 찾아 내야만 했다. 이 세상에서는 이름 없는 것은 결국 인정받지 못하니까. 그녀가 직접 말하지 않았던가. 모든 다른 사랑의 원천인 저 순수하고 전인적인 사랑으로써 나를 사랑하고 있노라고. 그런데 내가 그녀에게 내 가슴에 가득 찬 사랑을 고백했을 때, 왜 그녀는 그토록 놀랍고 언짢은 표정을 보였는지 나는 도무지 이해할 수가 없었다. 하지만 그런 그녀의 태도가 우리 두 사람의 사랑에 대한 나의 믿음을 흔들어 놓을 수는 없다.

왜 우리들은 자신의 마음 속도 제대로 파악하지 못하면서 인간의 정신적인 면을 그토록 낱낱이 모두 알려고 하는가? 결국 자연에 있어서든, 사람의 속마음에 있어서든, 우리의 마음 속에 있어서든, 우리를 가장 매혹시키는 것은 설명할 수 없는 것투성이다.

우리들이 이해할 수 있는 인간들, 해부용 표본처럼 우리 눈에 보이는 기계적 구조를 지닌 인간들은 수많은 소설에 나오는 주인공들과 마찬가지로 우리를 냉담하게 만든다. 그 모든 것을 설명하려 들면서 마음 속의 온갖 신비한 기적을 일체 인정하지 않으려는 윤리적 합리주의자들이야말로 생명과 인간에 대한 우리의 흥을 깨는 자들이다. 어느 존재에나 운명이나 영감 혹은 성격이라고 부르는 풀리지 않는 요소가 있는 법이다. 이처럼 어떠한 경우에도 엄연히 찾아드는 원칙을 고려하지 않고 인간의 모든 행동을 분석할 수 있다고 믿는 사람들이야말로 자기 자신은 물론 다른 사람에 대해서도 알지 못하는 사람이다. 이렇게 나는 지난 밤에 그렇게 절망했던 모든 것에 대한 의문을 포기했다. 그러자 이제 내 미래의 하늘은 구름 한 조각 없이 맑을 것이라고 생각되었다.

그런 기분으로 나는 비좁은 집에서 나와 밖으로 나갔다. 그때 한 심부름꾼이 내게 편지 한 통을 전했다. 차분하고 달필인 것으로 보아 백작 공녀에게서 온 것임을 금방 알아볼 수 있었다. 나는 숨 돌릴 틈도 없이 편지를 뜯었다. 인간이 바랄 수 있는 최대의 행복이 숨겨져 있기를 기대하면서. 그러나 내 모든 기대는 곧 산산조각나고 말았다. 편지에는 도시에서 손님이 오니 오늘은 찾아오지 마라는 부탁만이 쓰여 있었다. 다정한 말 한 마디도, 그녀의 상태에 대한 소식도 없이! 다만 편지 끝에 '내일은 의사 선생님께서 오십니다. 그러니 모레까지 안녕'이라는 추신이 붙어 있었다.

이리하여 별안간 내 삶의 책장으로부터 이틀이라는 날이 찢겨져 나갔다. 아, 차라리 이틀이라는 것이 그저 없어져 버린 것이라면 좋으련만……. 하지만 그것은 불가능한 일이었다. 그 이틀은 마치 감옥의 양철 지붕처럼 내 머리 위에 걸려 있었다.

내게는 고통인 그 시간을 왕이나 거지에게 주어 버릴 수도 있지 않은가! 왕은 이틀 동안 더 옥좌를 차지할 수 있고, 거지는 이틀 동안 예배당 앞 돌층계에 편히 앉아 있을 수 있지 않은가! 나는 한동안 멍하니 앞을 바라보다가 잠시 내가 했던 아침 기도를 생각했다. 절망보다 더 큰 불신은 없다. 위대한 일이나 보잘것 없는 일이라도 모두 신의 위대한 계획의 일부이다. 따라서 그것이 아무리 힘든 것이라고 하더라도 우리는 그것을 기꺼이 따라야 한다고 나는 내 자신에게 말했다.

나는 말을 타고 가는 사람이 눈앞에 펼쳐진 낭떠러지를 보고 고삐를 힘껏 뒤로 잡아당기듯 나도 얼른 고삐를 뒤로 잡아당겼다. 그리고 '그렇게 될 수밖에 없다면 할 수 없지 뭐!' 하고 마음 속으로 외쳤다. 어쨌든 신이 창조한 이 세상을 슬퍼하거나 불평해서는 안 될 것이다. 그녀가 손수 쓴 단 몇 줄의 편지를 받은 것만으로도 행복한 일이 아닌가? 또한 그녀를 곧 만나볼 수 있다는 희망이야말로 지금껏 내가 누렸던 행복 이상의 것이 아니겠는가?

'머리를 언제나 물 위로 내놓아라!' 인생을 능숙하게 헤엄쳐 가는 모든 사람들은 그렇게들 말한다. 끊임없이 눈과 목구멍으로 물을 삼

킬 바에야 차라리 잠수를 하는 편이 훨씬 낫다. 일상 생활의 자그마한 사고를 당할 때마다 신의 섭리로 받아들이기가 어렵다면 힘든 삶이 될 것이다. 또 불행이 닥칠 때마다 평범한 일상에서 빠져 나와 신이 계신 곳으로 달려갈 수도 없는 일이다. 그럴 때 인생을 의무라고까지는 생각하지 않더라도 하나의 예술로 보아야 하지 않을까? 이를테면 고통을 당하거나 손해를 볼 때마다 떼를 쓰고 울부짖는 어린아이처럼 보기싫은 것이 이 세상에 또 어디 있을까? 그보다는 눈에 눈물이 가득 고여 있으면서도 어느 새 기쁨과 순진한 눈빛을 반짝이는 어린아이의 모습이 훨씬 아름답지 않은가. 마치 봄비를 맞아 몸을 떨던 꽃이 햇볕을 받아 그 뺨에 흐르는 눈물 자국이 지워지기만 하면 어느덧 다시 향기를 내뿜으며 피어나는 꽃송이처럼.

나는 이 같은 운명에도 불구하고 이 이틀을 그녀와 함께 지낼 수 있을 듯한 훌륭한 생각이 곧 떠올랐다. 오래 전부터 나는 그녀가 내게 했던 그 다정한 말들과 가슴을 터놓고 나눈 갖가지 훌륭한 생각들을 기록해 놓고 싶었다. 그래서 그 이틀 동안 함께 지낸 아름다웠던 시간들에 대한 추억과 보다 아름다운 미래에 대한 희망 속에서 보낼 수 있었다. 나는 그녀 곁에서, 그녀와 함께 지내며, 그녀 안에서 살았다. 그러면서 그녀의 손을 직접 잡고 있었을 때보다도 그녀의 사랑과 정신을 더 가까이에서 느꼈다.

그 기록들은 지금에 와서 내게 얼마나 소중한 것인가. 나는 그것을 수도 없이 읽고 또 읽었다. 그녀가 했던 말은 한 마디도 잊지 않고 외우려는 듯했다. 그 기록들은 내 행복의 증인이며, 침묵으로 웅변 이상을 말해 주는 친구의 눈길처럼 나를 바라보고 있다.

지나가 버린 행복의 기억, 지나 버린 고통에 대한 추억, 아득한 과거로의 소리 없는 침잠 앞에서는 우리들을 에워싸고 속박하던 모든 것이 사라져 버린다. 마치 어머니가 이미 오래 전에 잠들어 있는 자식의 무덤 위로 쓰러지는 것처럼 우리는 이를 향해 몸을 던진다. 어떤 희망이나 소망도 이 쓸쓸한 집착을 방해하지는 못하리라. 이러한 것들을 우리는 아마 우수라고 부르리라. 하지만 행복은 그런 우수 속에 깃들어 있다. 이 우수는 사랑과 고통을 깊이 맛본 사람들만이 알 것이리라.

자신이 결혼할 때 썼던 면사포를 딸의 머리에 씌워 주면서 자기 곁을 떠난 남편을 생각하는 어머니에게 물어 보라. 불행하게 헤어져야 했던 그 여자가 세상을 떠나면서 옛날 사랑했던 청년에게서 받았던 꽃다발을 남겼다. 그 마른 장미꽃을 받아든 남자에게 지금 기분이 어떠냐고 물어 보라. 그들은 아마 눈물을 흘릴 것이다. 하지만 그 눈물은 고통의 눈물이 아니다. 더욱이 기쁨의 눈물도 아니다. 그것은 인간이 신에게 바치는 희생의 눈물이다. 그들은 신의 사랑과 지혜를 믿고 자기가 가장 사랑하는 사람이 조용히 사라져 가는 것을 바라볼 수밖에 별도리가 없다.

하지만 이제 추억 속으로 되돌아가자. 지난날의 생생한 현실 속으로!

그 이틀은 눈 깜짝할 사이에 지나갔다. 애타게 기다리던 재회의 시간이 점점 다가올수록 나는 기쁨으로 온몸을 떨었다. 첫날 나는 도시로부터 합승마차와 기병들이 도착한 것을 보았다. 성은 많은 손님들로 활기를 띠었다. 지붕 위에는 깃발들이 펄럭이고 성의 뜰에는 음악이 울려 퍼졌다. 저녁이 되자 호수 위 유람선에서는 손님들의 노랫소리가 물결처럼 흘러 나왔다. 나는 그 소리에 귀를 기울였다. 왜냐하면 그녀 역시 창가에서 그 노래에 귀를 기울이리라 생각했기 때문이었다.

이튿날도 여전히 소란스러운 것 같았고, 오후가 되어서야 겨우 손님들은 떠날 채비를 했다. 그리고 저녁 늦게 의사 선생님이 탄 마차 한 대만이 홀로 시내로 되돌아가는 것을 보았다.

그녀가 혼자 있다고 생각하자 더 이상 참을 수가 없었다. 그녀도 나를 생각하며 내가 오기를 바란다는 것을 알고 있는데, 손도 잡아 보지 않고 어찌 하룻밤을 보낼 수 있단 말인가. 내일 아침이면 재회의 기쁨을 맛볼 수 있다는 말도 하지 않은 채 어떻게 또 하룻밤을 흘려 보낸단 말인가! 그녀의 창문에 아직 불이 켜진 것이 보였다. 왜 그녀는 혼자 있으려고 하는 걸까? 왜 나는 잠깐이라도 그녀와 만나서는 안 되는가?

어느 새 나는 성에 와 있었다. 초인종을 누르려는 순간 멈춰 서서 스스로에게 말했다.

'안 돼! 이렇게 마음이 약해서는 안 돼! 밤도둑처럼 부끄럽게 그녀 앞에 설 테냐? 내일 아침이면 전쟁에서 돌아온 개선 장군처럼 당당하게 그녀 앞에 서게 될 텐데. 지금 그녀는 그 장군의 머리에 씌워 줄 사랑의 화관을 짜고 있을 거다.'

아침이 되자 나는 그녀에게로 달려갔다.

오, 육체 없는 정신이 존재할 수 있다고 말하지 마라! 완전한 존재, 완전한 의식, 완전한 기쁨은 오직 정신과 육체가 하나가 되었을 때 비로소 존재하는 것이다. 그것은 육체화된 정신이며, 정신화된 육체이다. 육체가 없는 정신이란 존재하지 않는다. 만약 존재한다면 그건 한낱 유령에 지나지 않는다. 또한 정신이 없는 육체란 존재치 않는다. 존재한다면 그건 한낱 시체에 불과할 뿐이다. 들판에 핀 꽃이라고 정신이 없다고 할 수 있을까? 그 꽃은 생명과 존재를 부여한

신의 뜻, 곧 조물주의 생각으로 사물을 보는 것은 아닌가? 그것이 바로 꽃의 정신이다. 다만 그 정신이 인간의 경우에는 말로써 표현되는 반면, 꽃의 경우에는 침묵을 지킬 뿐이다. 참된 삶은 육체적이면서도 정신적 삶이요, 참된 향락이란 육체적이고 정신적인 향락이다. 또한 참된 만남이란 언제나 육체적이고 정신적인 만남이다.

내가 그녀 앞에 서자, 그토록 행복하게 지냈던 이틀간의 추억의 세계가 한낱 그림자처럼, 무(無)의 실체로 변해 사라져 버렸다. 그녀의 이마와 눈과 뺨을 손으로 직접 만져 보며 그녀가 정말로 존재하는가를 확인해 보고 싶었다. 밤낮으로 내 앞에 어른거리는 마음 속의 모습이 아니라 참된 그녀의 존재를. 나의 것은 아니지만 당연히 나의 것이 되어야 하며, 또 나의 것이고자 원하는 존재임을. 내가 나 자신처럼 믿을 수 있는 존재, 나와 떨어져 있지만 나 자신보다 더 가까운 존재, 그 존재 없이는 나의 삶은 이미 삶이 아니며 나의 죽음 또한 이미 죽음이 아닌 존재, 그 존재 없이는 내 보잘것 없는 존재도 한낱 한숨처럼 허공 속으로 사라져 버릴 존재를 확인하고 싶었다.

나의 이런 생각과 눈길이 그녀의 전신으로 흘러들어가는 동안, 지금 이 순간이야말로 나의 간절한 소망이 이루어지는 것이라 느꼈다. 전율이 나를 감싸 죽음을 떠올리게 했다. 하지만 더 이상 아무런 공포심을 느끼지 못했다. 왜냐하면 이 사랑은 죽음으로써 파괴될 수 없을 뿐더러 오히려 죽음을 통해 정화되고 고귀해져서 영원한 것으로 화할 것이기 때문이었다.

그녀와 함께 말없이 앉아 있는 시간은 한없이 즐거운 일이었다. 마음 속의 깊이가 고스란히 투영되어 있어 그녀의 얼굴을 쳐다보는 것만으로도 그녀의 내면 깊이 감추어져 숨쉬며 살아가는 그 모든 것을 듣고 볼 수 있었다. '당신은 나를 슬프게 하는군요' 라고 말하고 싶어하면서도 그녀는 입을 열지 않았다.

'우린 다시 만났군요. 하지만 그냥 가만히 계세요, 불평하거나 원망하지 마세요. 나한테 화내지 말아요!'

그녀의 눈은 이런 말들을 하고 있었다. 그렇게 한동안 우리는 이 즐거운 평화를 감히 입을 열어 깨뜨릴 엄두를 내지 못했다.

"의사 선생님한테 편지 못 받으셨어요?"

그녀의 첫마디였다. 그녀의 목소리는 한 마디씩 말을 이을 때마다 더욱 떨렸다.

"아뇨."

나는 대답했다.

그녀는 잠시 입을 다물고 있다가 말했다.

"차라리 편지를 못 받은 것이 잘 되었는지도 몰라요. 내가 직접 모든 것을 말하는 편이. 친구여, 우리가 만나는 것도 오늘이 마지막이에요. 우리, 편안한 마음으로 헤어지도록 해요. 슬퍼하거나 화내지 말고 편안한 마음으로. 모든 것은 내 잘못이라고 느끼고 있어요. 가벼운 바람으로도 꽃잎을 떨어뜨릴 수 있다는 생각을 미처 못하고, 내가 너무 당신의 생각에 깊이 들어가 버렸어요. 나는 세상을 너무 몰랐어요. 나 같은 가련한 병자가 당신에게 동정 이상의 감정을 불러일으키리라고는 생각지도 않았어요.

나는 언제나 당신에게 다정하고 솔직하게 대했어요. 왜냐하면 당신은 어렸을 때부터의 친구인데다, 또 당신과 함께 있으면 왠지 편안했거든요. 왜 이런 말을 내가 하는지 모르겠군요. 사실 난 당신을 사랑했어요. 하지만 세상은 우리의 사랑을 이해해 주지도 용납하지도 않아요. 그런데 의사 선생님께서 내게 눈을 뜨게 해 주었어요. 도시에서는 온통 우리들의 소문이 돌고 있답니다. 성주인 내 동생이 아버지께 편지를 올렸고, 아버지께서는 내게 다시는 당신을 만나지 말라는 명령을 내리셨어요. 나를 용서한다고 말해 주세요. 그리고 우리, 친구로서 헤어지도록 해요."

그녀의 눈에 눈물이 가득 괴어 있었다. 그녀는 눈물을 보이지 않으려고 눈을 감았다.

"마리아, 내게는 단 하나의 생명이 있을 뿐입니다. 그것은 당신과 결합되어 있습니다. 그리고 단 하나의 뜻이 있을 뿐입니다. 그것은 바로 당신의 뜻입니다. 그래요, 나는 진정으로 당신을 사랑하고 있음을 고백합니다. 그렇지만 내가 당신한테는 자격 없는 상대라는 것도 알고 있습니다. 당신은 신분으로 보나 품위로 보나 순결한 면에서나 나보다 훨씬 높은 곳에 있습니다. 당신을 나의 아내라고 부른다는 생각은 감히 할 수도 없지요. 그렇지만 우리가 세상을 함께 걸어가려면 그 길 외에 다른 길은 없습니다.

마리아, 당신은 전적으로 자유입니다. 나는 그런 희생을 요구하지 않겠습니다. 소문의 힘은 크지요. 그러나 당신의 뜻이 진정 그렇다면 우리 다시는 만나지 맙시다. 그렇지만 당신이 나를 사랑하고, 내게 속해 있음을 느낀다면…… 오, 그렇다면 세상 사람들의 차가운 비평은 잊어버립시다. 당신을 팔에 안고 성찬대 앞으로 걸어가겠습니다. 그리고 무릎을 꿇고 살아서나 죽어서나 당신과 함께 하겠다고 맹세하겠습니다."

"친구여, 우리는 불가능한 것을 바라서는 안 됩니다. 우리가 이승에서 그렇게 결합하는 것이 신의 뜻이었다면 신께서 왜 내게 이런 병고를 주시어 한낱 하릴없는 어린애 노릇밖에 못 하게 하셨겠습니까? 우리가 삶에서 운명이니 상황이니 사정이니 하고 부르는 것들은 알고 보면 섭리라는 점을 잊지 마세요. 그것을 거역하는 것은 곧 신을 거역하는 것입니다. 그건 어리석은 짓은 아닐지 몰라도, 불경스럽다고 할 수 있을 거예요.

인간들은 이 지상에서 하늘의 별처럼 떠돌아다닙니다. 신은 별들에게 궤도를 그려 주셨지요. 그 궤도 위에서 별들은 만나고, 헤어져야 할 운명이면 헤어져야 하는 겁니다. 거역한들 소용 없어요. 아니면 그 거역이 온 세계 질서를 파괴하게 될 겁니다. 우리는 그 뜻을 이해할 수는 없지만 믿을 수는 있습니다. 하긴 당신에 대한 나의 애정이 옳지 않은지도 모르죠. 아니, 그것이 옳지 않다고 말할 수는 없고, 또 그렇게 말하고 싶지도 않아요. 그러나 그런 사랑은 있을 수도 없고, 있어서도 안 되는 겁니다. 친구여, 얘기를 다 했어요. 우리는 겸허하게 믿으며 순리에 우리를 맡겨야 해요.”

차분하게 말을 이어갔지만 그녀가 얼마나 괴로워하는지를 나는 알 수 있었다. 그렇기는 해도 삶과의 투쟁을 그토록 쉽게 포기하는 것이 내게는 부당하게 여겨졌다. 그래서 격정적인 말로 그녀의 고통을 더해 주지 않으려고 한껏 나 자신을 다스리며 말했다.

“이순간 우리가 이 세상에서 만나는 마지막 기회라면 이 같은 희생이 누구를 위한 것인지 분명히 짚어 가도록 해 봅시다. 만약 우리의 사랑이 어떤 법칙을 어긴 것이라면 나도 당신처럼 겸허하게 숙이고 들어가겠습니다. 보다 높은 뜻에 거역한다는 것은 신을 저버리는 일일 테니까요. 인간은 때로는 신을 속일 수도, 그 작은 꾀로 신의 예지를 이겨 낼 수도 있을 듯이 보입니다. 그러나 그건 망상이지요. 이 같은 거인과의 싸움을 시작한 인간은 멸망하게 마련입니다.

그렇지만 우리의 사랑에 맞서고 있는 것이 대체 무엇입니까? 항간의 소문이라는 것뿐입니다. 나는 인간 사회의 법칙을 존중합니다. 법칙이 그럴싸하게 변조되고 엉클어졌을망정 무릇 법칙이라는 것을 존중합니다. 병자에겐 쓴 약이 필요하지요. 마찬가지로 우리가 경시하는 사회의 편견이나 체면, 분수 같은 것이 없다면 오늘날 인류를 공존시키는 지상에서의 공동 생활이라는 목표도 이룩할 수 없을 겁니다.

우리는 이러한 우상들한테 많은 제물을 바쳐야 하지요. 아테네 시민들이 그랬던 것처럼 우리는 해마다 젊은 남녀들을 한 배 가득 실어 이 사회의 미궁을 지배하는 저 괴물[1]한테 공물로 보내는 겁니다.

세상에 상처를 입지 않은 심장은 하나도 없지요. 참된 감정을 지닌 사람치고 사회라는 새장 속에 편안히 들어가기 전에 자신의 날개를 꺾이지 않은 사람도 없습니다. 이것은 어쩔 도리가 없는 필연입니다. 당신은 세상을 잘 모르겠지만 내 친구의 경우만 해도 여러 권의 비극책을 묶어 들려 드릴 수 있을 겁니다.

한 친구가 어떤 소녀와 서로 사랑했습니다. 그런데 그 친구는 가난했고, 여자 쪽은 부자였지요. 양가의 부모와 친척들은 서로 모멸하며 싸움을 했고, 결국 두 남녀의 심장은 상처를 입었지요. 왜? 중국의 누에고치가 뽑은 명주옷이 아닌 미국산 목면옷을 입은 부인은 불행하다고 생각하는 세인들 탓이었습니다.

또 한 친구도 어떤 소녀와 서로 사랑했습니다. 그렇지만 그 친구는 신교도였고 여자 쪽은 카톨릭이었지요. 양쪽의 어머니와 사제들이 불화를 일으켜 결국 두 남녀의 심장은 상처를 입었습니다. 왜? 3백 년 전에 카알 5세[2]와 프랑시스 1세[3], 헨리 8[4]세가 벌인 정치적 장기 놀음 때문이었지요.

---

1) 괴물 — 크레타 섬이 희랍의 해상권을 쥐고 있던 무렵 아테네도 그 지배하에 있었다. 아테네는 9년마다 소년·소녀들을 크레타에 바쳤는데 그들은 '미궁' 속에 갇혀 사는 괴물 미노타우로스의 먹이가 되었다고 함.

세 번째 친구도 한 소녀와 서로 사랑했습니다. 그렇지만 그 친구는 귀족이고 여자 쪽은 평민이었지요. 양가의 자매들이 거품을 물고 반대를 하는 바람에 두 남녀의 심장은 상처를 입고 말았습니다. 왜냐하면 1백 년 전에 어느 전쟁터에서 한 병사가 왕의 생명을 위협하는 적군 군사를 죽인 까닭이었지요. 덕분에 그 병사는 귀족 칭호와 훈장을 받았습니다. 그런데 그 옛날 피를 흘리게 한 대가를 오늘날 그의 증손인 친구가 치른 거랍니다.

통계학자들의 얘기에 의하면, 매시간 한 사람의 심장이 찢어지고 있다고 합니다. 나는 그 말을 믿습니다. 세상 어디에서나 다른 사람의 사랑은 인정하지 않기 때문이랍니다. 하물며 남녀간의 사랑은 말할 것도 없구요. 두 여자가 한 남자를 사랑하는 경우 한 여인은 희생될 수밖에 없습니다. 또 두 남자가 한 여자를 사랑하는 경우에도 한 사람이든 아니면 두 남자 다 희생이 됩니다. 왜 결혼을 염두에 두지 않고는 여자를 사랑할 수 없는 걸까요? 자기 것으로 만들겠다고 게검스럽게 탐하지 않고는 여자를 처다볼 수도 없는 걸까요?

당신은 눈을 감아 버리는군요. 내가 너무 지나치게 말을 한 모양이군요. 어쨌든 세상이 가장 성스러운 것을 가장 천박한 것으로 만들어 버린 겁니다. 하지만 마리아! 그러지 말아요. 우리가 어쩔 수 없이 세상 안에 살며 세인들과 더불어 말을 하고 상대를 하려면 세인들의 언어를 쓸 수밖에 없지요.

그렇지만 저 소란스런 바깥 세상에는 괘념하지 말고, 두 마음이

---

2) 카알 5세(Karl V ; 1500~1558) — 루터를 박해한 신성로마제국 황제.

3) 프랑시스 1세(François I ; 1494~1547) — 칼빈을 이단으로 박해한 프랑스의 왕.

4) 헨리 8세(Henry VIII ; 1509~1547) — 로마 교황의 카톨릭 교회와 결별하기 위해 '34년 수장령(首長令)에 의한 영국 국교회를 설립, 종교개혁을 단행하였다.

순수한 마음의 언어를 쓸 수 있는 우리만의 성전을 지킵시다. 세상 편에서도 이 같은 은둔의 상태를 ── 자신들이 옳다는 것을 의식하며 저속한 세태의 흐름에 맞서는 이 같은 숭고한 마음들의 용기 있는 항거를 존중한답니다.

세인들이 말하는 사려라든가 온당함, 선입견 같은 것은 담쟁이덩굴과 같은 것이지요. 초록색 담쟁이덩굴이 줄기와 뿌리를 무수히 뻗어 견고한 성벽을 장식하는 것은 보기에 아름답습니다. 그렇지만 그것들을 너무 무성하게 버려 두어서는 안 돼요. 그러면 그것은 우리 마음의 구조 틈서리마다 뻗어 들어가, 안에서 우리를 응집시키는 시멘트를 파괴할 테니까요.

마리아, 나와 함께 해 주십시오. 당신 심장의 소리에 따르십시오. 이제 당신의 입술에 올려질 말은 당신과 나의 삶을, 당신과 나의 행복을 영원히 결정할 겁니다."

나는 입을 다물었다. 내 손 안에 잡힌 그녀의 손이 뜨거운 마음의 악수에 응답하고 있었다. 그녀의 마음 안에서는 파도가 일고 폭풍이 치고 있었다. 층층이 쌓인 구름이 그 폭풍에 의해 걷히며 내 앞에 펼쳐지는 푸른 하늘은 지금 더할 수 없이 아름다워 보였다.

"왜 당신은 나를 사랑하나요?"

그녀는 결정의 순간을 마냥 미루려는 듯 나직한 소리로 물었다.

"왜라니요? 마리아! 어린애한테 왜 태어났느냐고 물어 보십시오. 꽃한테 왜 피었느냐고, 태양에게 왜 비추느냐고 물어 보십시오. 나는 당신을 사랑하도록 되어 있기 때문에 사랑하는 겁니다. 이 대답이 미흡하다면, 당신 옆에 놓인, 당신이 그토록 애독하는 책으로 대답을 대신하지요.

'가장 선한 것은 가장 사랑하는 것일 수밖에 없으니, 이 사랑에는 유용이니 무용, 이익이나 손해, 소득이나 상실, 명예나 불명예, 칭찬이나 비난, 그 밖의 어떤 것도 끼어들어서는 안 되느니라. 그보다는 진실로 가장 고귀하고 가장 선한 것은 그것이 오로지 고귀하고 선하다는 이유 때문에 가장 사랑하는 것이 되어야 할지니라. 모름지기 인간은 외부적으로나 내부적으로 그것을 향해 살도록 자신을 맞추어야 하느니라. 다시 말해 외부적으로 볼 때 모든 피조물에는 악한 것과 선한 것이 있어 영원한 선이 다른 것보다 그 빛과 작용이 적기 때문이다. 따라서 영원한 선이 가장 많이 작용하여 사랑받는 것이 최선의 것이고, 반대로 영원한 선이 가장 적은 것이 악한 선이다. 이렇듯 인간은 피조물을 상대하고 교제하면서 이 차이를 인정하기 때문에 그에게는 항상 가장 선한 피조물이 가장 사랑스러운 것이며, 애를 써서 그것에 접하도록 하여 그것과 하나가 되어야 하느니라.'

마리아, 당신은 내가 알고 있는 최선의 피조물입니다. 그래서 나는 당신에게 기울고, 그래서 당신을 사랑합니다. 그래서 우리는 서로 사랑하는 겁니다. 당신 안에 살아 있는 말을 그대로 하십시오. 당신도 나와 함께 하겠다고. 당신의 깊은 감정을 부인하지 마십시오.

신은 당신에게 고통스러운 삶을 주셨지만 그 고통을 당신과 나누도록 나를 당신에게 보내신 겁니다. 당신의 고통은 곧 나의 고통입니다. 한 척의 배가 무거운 돛들을 감당하듯이 우리는 그 고통을 같이 짊어져야 합니다. 그러면 고통이라는 돛이 인생의 폭풍을 헤치고 마침내 안전한 항구로 안내해 줄 겁니다."

그녀의 마음 속은 차츰 잔잔해졌다. 소리 없는 저녁 노을처럼 그녀의 뺨에 홍조가 떠올랐다. 그리고 그녀의 눈이 빛났다. 태양이 신비스러운 빛을 발하며 다시 한 번 떠오른 것이다.

"나는 당신에게 속해 있어요."

이윽고 그녀는 말했다.

"그것이 신의 뜻입니다. 이대로의 나를 받아 주세요. 살아 있는 한, 나는 당신 것입니다. 하나님께서 우리를 보다 아름다운 삶 안에서 다시 하나가 되게 하시고 당신의 사랑을 보답해 주시기를 바랍니다."

우리는 가슴과 가슴을 맞대었다. 나의 입술은 지금 막 내 생의 축원을 읊은 그녀의 입술을 부드러운 키스로 덮었다. 시간은 우리를 위해 정지해 있었고, 주변 세계도 사라져 버렸다. 그때 그녀의 가슴에서 깊은 한숨이 새어 나왔다.

그녀가 속삭였다.

"아, 하나님, 나의 이 축복을 용납해 주소서. 이제 혼자 있게 해 주세요. 더 이상 견딜 수가 없어요. 또 만나요. 나의 친구, 나의 사랑, 나의 구세주여!"

이것이 내가 그녀에게서 들은 마지막 말이었다. 아니, 그렇지는 않았다. 나는 집으로 돌아와 악몽을 꾸며 잠을 잤다. 자정이 지났는데 의사가 내 방으로 들어섰다.

"우리의 천사는 천국으로 갔다네. 이것이 그녀가 자네한테 보낸 마지막 인사일세."

그는 한 통의 편지를 건네 주었다. 편지 속에는 그 옛날 그녀가 내게 주었고, 내가 그녀에게 주었던 '신의 뜻대로'라는 말이 새겨진 반지가 들어 있었다. 반지는 아주 오래 된 종이에 싸여 있었는데, 거기에는 이미 오래 전에 써 놓은 그녀의 필적이 있었다. 어릴 적에 내가 그녀한테 했던 말이었다.

'당신의 것은 나의 것입니다, 당신의 마리아.'

한참 동안 의사와 나는 한 마디 말도 없이 같이 앉아 있었다. 그것은 우리가 짊어지기에 너무나 엄청난 고통의 짐이 닥칠 때 하늘이 보내는 일종의 정신적 기절 상태였을 것이다. 이윽고 의사는 일어서며 내 손을 잡고 말했다.

"우리가 만나는 것도 오늘로 마지막일세. 자네는 여기를 떠나야 하고, 나야 살 날이 얼마 안 남았으니. 다만 자네한테 꼭 말할 것이 한 가지 있네. 한평생 가슴 속에 품고 아무한테도 털어놓지 않은 비밀일세. 그것을 한 사람한테는 고백하고 싶다네. 잘 들어 주게. 우리를 떠나간 그 영혼은 참으로 아름다운 영혼이었지. 놀랍게 순결한 정신, 깊고 진실된 마음의 소유자였지. 나는 마리아와 같은 영혼을 또 한 사람 알았다네. 아니, 한결 더 아름다운 영혼이었지!

그 사람은 마리아의 어머니였다네. 나는 마리아의 어머니를 사랑했고, 그녀도 나를 사랑했었지. 그런데 우리는 둘 다 가난했네. 나는 우리 둘을 위해 세상에서 말하는 존경할 만한 위치를 얻으려고 노심초사했었네. 그때 젊은 후작이 내 약혼녀를 보고 사랑에 빠졌네. 그 후작은 바로 내가 모시던 제후였지. 그분은 내 약혼녀를 진심으로 사랑했기 때문에 그녀를 위해서라면 어떤 희생이라도 치르고, 가엾은 고아에 불과한 그녀를 후작 부인으로 맞을 결심이었다네. 나는 그녀를 진심으로 사랑한 나머지 내 행복, 그녀를 향한 내 사랑을 희생하기로 작정했네. 그래서 고향을 떠났고, 그녀에겐 약혼을 취소하자고 편지를 썼지. 그 후 나는 그녀를 끝내 못 만나다가 결국 그녀의 임종에 가서야 다시 만났다네. 그녀는 첫딸을 분만하다 돌아간 걸세.

이제 자네도 알았을 걸세. 왜 내가 자네의 마리아를 사랑했고, 그녀의 삶을 하루라도 연장시키려고 고심했는지를. 그녀는 내 마음을 이생에 묶어 놓고 있는 유일한 존재였다네. 내가 고통을 짊어졌던 것처럼 자네도 삶을 짊어지게. 헛된 슬픔에 사로잡혀 하루라도 헛되이 보내서는 안 되네. 자네가 아는 사람들을 도와 주게나. 그들을 사랑하면서 한때 이 세상에서 마리아 같은 성품의 사람을 만나 알고 지냈으며 사랑했던 사실을 신에게 감사하게. 또 그녀를 잃은 것까지도."

그로부터 며칠이 지나고, 몇 주일이 지나고, 몇 달이 지나고, 몇 해가 흘렀다. 그러는 사이에 고향은 내게 타향이 되었고, 타향이 고향이 되었다. 하지만 그녀에 대한 나의 사랑은 아직 그대로 남아 있다. 눈물 한 방울이 대양에 떨어져 합쳐지듯이 그녀에 대한 사랑은 이제 살아 있는 인류라는 대해에 떨어져 합류하며, 어린 시절부터 내가 사랑했던 수백만 '남'의 마음에 스며들어 그들을 에워쌌다.

다만 오늘 같은 조용한 일요일, 홀로 푸른 숲 속에 들어와 자연의 품에 안겨 있노라면 나 이외에 다른 사람은 느낄 수 없게 되고, 어쩌면 이 세상에 오직 나 홀로 있는 것처럼 느껴진다. 그리고 추억의 무덤에서는 뭔가 살아 꿈틀대기 시작한다. 죽었던 상념들이 되살아난다. 그리고 또다시 전능한 사랑의 힘이 마음 속에서 되살아나 지금까지도 그윽하고 신비한 눈으로 나를 바라보는 저 그리운 존재를 향해 흘러간다. 그러면 수백만의 사람들에 대한 사랑이 나의 수호 천사 한 사람에 대한 사랑으로 변해 버리는 것만 같다. 그리하여 이 모든 상념들은 이 무한한 사랑의 불가사의한 수수께끼 앞에서 입을 다물고 만다. World Best

Hye Won World Best